工学部ヒラノ教授

今野浩

新潮社

工学部ヒラノ教授◆目次

装画　水口理恵子
装幀　新潮社装幀室

工学部ヒラノ教授

1　シーラカンス

筒井康隆は1990年代はじめに、早治大学と立智大学の文学部を舞台とする『文学部唯野教授』なる小説を発表し、文学部教授の生態を白日の下にさらした。長老教授たちの利権闘争。取り巻き連中の誹謗・中傷合戦。セクハラ・アカハラのオンパレード。留学先のパリから逃げ帰り、下宿に隠れて1年間を過ごしたフランス文学助教授の物語、などなど。

この本がベストセラーになったためか、その後、大学暴露・告発本が続々と出版された。研究はもとより、教育もろくろくやらない無能教授と、はじめから勉強する気がない学生が溢れる新設文系大学の姿に、私こと「工学部ヒラノ教授」はただ呆れるばかりだった。

〝どこまでが本当の話なのかはともかく、これではレジャーランドと呼ばれても仕方がない〟。こう思いはしたものの、この時ヒラノ教授は、研究・教育に本気で取り組んでいる工学部教授とは、まったく関係がない話だと考えていた。

ところがこれらの本から発射された放射線は、私立大学文学部だけでなく、理工系大学にも大きなダメージを与えた。

ヒラノ教授は、かねてこの放射線を除去するため、雑務で消耗しながらも、研究と教育に情熱を燃やす「工学部平《ヒラ》教授」の物語を書きたいと考えていた。しかし現役の工学部教授には、そのような本を書いているヒマはなかった。それに書いたところで、堅気なエンジニアの平板な文章を読んでくれる人は、筒井康隆の洒脱な文章の10分の1もいないだろう。

私立大学の理工学部に勤務するヒラノ教授は、以前勤めていた国立大学では、研究科長(昔の言葉でいえば学部長)という要職に就いたこともあるが、今はすべての役職を離れて〝平《ヒラ》教授〟にもどった。

ヒラといえども、工学部教授は早治大学文学部教授の2倍くらいは忙しいが、土日まで大学に出てくる必要はなくなった。そこで、週末の空き時間を使って、長らく温めてきた『工学部ヒラノ教授』の執筆に取り掛かったという次第である。

間もなく第2の、そして今度こそ本当の定年を迎えるヒラノ教授は、5年前までは自分を〝老人〟と意識することはなかった。65歳を迎えたとき、区役所から〝高齢者の皆様へ〟というお知らせを頂戴したが、そのような文書はただちにゴミ箱にぶちこまれた。

ところが、その後間もなく研究室の飲み会で、芳紀21歳の春田うららさんに、「先生は

おいくつですか？」と尋ねられ、少々憮然とした面持ちで、「紀元２６００年生まれだったかな」と煙に巻いたつもりでいたところ、しばし携帯電話を操作していたうららさんの口から、「えーっ！　うちのおじいちゃんと同い歳なんだ！」という言葉が飛び出した。

そしてこの時はじめて気がついたのだ。21歳の女性にとって、65歳の教授は、紛れもない〝おじいちゃん〟だ、ということに。

思い起こせば21歳当時のヒラノ青年は、58歳の大物理学者・犬井鉄郎教授を〝シーラカンス〟呼ばわりしていた。だから当時の犬井教授より７つも年上の男は、Ｃよりワンランク上の〝ビーラカンス〟と呼ばれてもおかしくないわけだ。

ビーラカンスは今もなお、若者を相手に古くなった知識を販売して生計を立てている。もし十分な蓄えがあれば、〝おじいちゃん〟認定を受けたあたりで教師生活から足を洗い、悠々自適で空虚な日々を過ごしていただろう。そして、かつて敏腕経済記者として鳴らした友人のように、今頃は半分あちら側の世界にトラバーユしていたかもしれない。

〝おじいちゃん〟と認定されるしばらく前に、同僚の間で〝工学部平《ヒラ》教授の役得〟について議論になったことがある。その時ヒラノ教授は、「１に好きな研究ができること、２に若くて優秀な学生とともに過ごせること、３に好きな時に海外出張できること」と発言して、大方の賛同を得た。

１と３についてはあとで詳しく書くとして、２が意味するところは、〝工学部教授は、

若者たちに強制的に自分の話を聞かせることができるうえに、彼らのエネルギーを吸収して業績を稼ぐことができる〝という意味である。何を隠そう。工学部教授とは、若者の生血を吸って暮らしている動物なのである。

家では妻や子供たちに疎外されても、大学に出てくれば、優秀で愛すべき学生との素敵な時間が待っている。工学部教授の多くが、朝早くから夜遅くまで大学に張り付いているのは、家にいるより大学の方が楽しいからである。

ところがいつの間にか、学生たちは息子・娘を通り越して、孫の世代になってしまった。息子ならともかく、孫に強制的に古臭い話を聞かせるのはいかがなものか。

ヒラノ教授の祖父は、旧制高校の校長を務めた人だが、50歳年上のこの人は、元教師だけあってお説教を垂れるのが好きだった。「今度の日曜日におじいさまが見えますから、浩さんも家にいてくださいね」と母に言われるたびに、〝またあの説教を聞かされるのか〝と思って、暗い気持ちになったものである。

つまり、12歳の少年にとって〝おじいさん〝とは、西部劇2本立てを見に行く機会を見送ってまで、ご高説を承りたいような人ではなかったのである。うるさく小言を連発する母親以上に口うるさいおじいさん。だから、その遺伝子を継承しているヒラノ教授は、学生たちから〝口うるさい△×ジジイ〝と呼ばれているかもしれない。

ところで読者諸氏は、〝awkward（オークワードと発音します）〝という英語をご存知だ

ろうか？　シャープの電子英和辞書を引くと、この言葉の訳語として、〝ぶざまな〟、〝ぎこちない〟、〝落ちつかない〟、〝どぎまぎした〟、〝気まずい〟、〝やりにくい〟、〝使いにくい〟などの説明が並んでいる。

ビーラカンスのやるせなさを表現する上で、これはまことにぴったりの言葉だ。

「いつも私は、〝どぎまぎしながら〟教室に足を踏み入れる。〝ぶざまな〟メタボ姿を若者たちに晒しながら、私語が溢れる教室での講義は、まことに〝やりにくい〟ものだ。20歳の女子学生の視線を背に受けながら板書する時は、とても〝落ちつかない〟気持ちになる。また〝使いにくい〟パソコンを、〝ぎこちない〟手つきであれこれ操作しても、なかなかパワーポイント画面が出てこない時には、〝気まずい〟空気が教室に流れる――」

オークワードなシーラカンスに無慈悲な一撃を浴びせたのは、向田邦子女史である。小説でも脚本でもない不思議な読み物、『阿修羅のごとく』に登場する竹沢恒太郎は、40代の子持ち未亡人とプラトニックな不倫関係にあるのだが、向田女史は、それを知った45歳を筆頭とする4人の娘たちに、「数えで70にもなるというのに、愛人だなんて気でも狂ったのかしら」と言わせている。

〝数えで70と言えば、私と同じではないか！〟。長い間尽くしてくれた妻を裏切って、愛人を持つのは感心したこととは言えない。しかし、長女のどろどろ不倫を不問に付す一方

で、義侠心に基づく恒太郎のプラトニック不倫を厳しく批判するのはいかがなものか。瀬戸内寂聴尼が、「女は灰になるまで女なのです」というのなら、渡辺淳一老は、「男は骨になっても男だ」と言うだろう。

工学部教授の〝愛人〟は、人間ではなく先端技術である。ところが、この愛人は人間より早く年をとる。5年もすれば時代遅れ、10年したら古色蒼然、20年経ったら前世紀の遺物である。だから工学部教授は、家族に振り向けるべき時間を削って、次から次へと登場する新愛人に奉仕することになる。

しかし、新たな知識を吸収してその道の専門家になるには、少なくとも2～3年はかかる。一流になるには、更に2～3年の時間が必要である。〝量産せよ！ 質は量についで来る〟という言い伝えのとおり、50編の論文を書けばその中に4つ5つは、ピカリと光るものが含まれている。だから50編書けば一・五流、１００編書けば一流になれる。

40代半ばに「資産運用理論」に取り組み始めたとき、ヒラノ教授には停年まで約15年の時間が残されていた。そして10年間この研究を続ける間に50編の論文を書き、めでたく一・五流の座を手に入れた。しかしその頃、鉱脈は空になりかけていた。

そんなところに見つかったのが、「信用リスク」という新しい鉱脈である。幸い第2の職場の定年は70歳だから、まだ10年余りの時間がある。この間にもう50編の論文を書けば、

一流の仲間入りができるだろう。こう考えながら、ヒラノ教授は新旧両鉱脈で宝探しを続けてきたのである。

しかし65歳を超えたころから、研究に対する情熱は階段状に低下した。いまでも年4編ないし5編の論文を書いてはいるが、10年前までのものに比べると、オリジナリティーに関して見劣りするものが増えた。より深刻な事実は、新しい研究テーマに取り組もうという意欲が衰えてしまったことである。

理由ははっきりしている。新分野で専門家になるまでには2〜3年の時間がかかるが、そこには定年という滝壺が待っている。研究費も学生も取り上げられた〝名誉〟教授は、ただの老人に過ぎない。つまり、65歳の老人が新分野にチャレンジしても、投資のモトを取る手立てがないのである。

定年を間近に控えた工学部教授は、こうしてシーラカンスからビーラカンスに昇格する。因みに、〝工学部教授は定年3年前から生産性が落ちる〟、というアメリカでの調査結果がある。定年が65歳でも60歳でも結果は同じだというのだが、これはまだ先だと思っていた滝壺が、目の前に迫っていることに気がついたところで、やる気がなくなるということだろう。

しかし人間には個人差がある。60歳を超えてもすぐれた研究成果を出し続けている人を、その他大勢と一緒くたに滝壺に突き落とすのは勿体ない。能力がある人には、年齢に関係

なく研究・教育を続けてもらう方が、大学にとっても本人にとっても望ましいことではないか。

折から1970年代に入って、アメリカでは性や人種で人間を差別すべきではないという、〝affirmative action（積極的差別是正主義）〟が支持を集めていた。このような時代背景の中で、アメリカの大学は定年制度を廃止した。この結果優秀な人は、研究費を手に入れることができる限り、年齢に関係なく教授の地位に留まることができるようになった。かくして老人にとっては天国、大学にとっては悪夢のような世界が出現した。

確かに一流の研究者の中には、70歳を超えてもオリジナルな研究成果を挙げる人がいる。定年制廃止の根底にあるのは、これらＡＡＡ級の人には、〝能力が維持される限り〟大学に留まってもらおう、という発想である。

定年制廃止を知った時、ヒラノ教授は思わず、「そんなことやったら、ひどいことになるぞ！」と声をあげてしまった。なぜならＡＡＡ級、ＡＡ級の研究者といえども、70の大台を超えると、アレレと思わせられるようなことがあるからだ。

若くしてノーベル物理学賞を受賞した江崎玲於奈《れおな》博士は、「一般的に言って、研究者のオリジナリティーは20歳がピークで、70歳でゼロに落ちる。逆に分析力は20歳ではゼロで、70歳まで上昇する。したがって研究者の能力が最も高まるのは、この両者の積が最大となる45歳ころである」と言っている。

この言葉は、理工系の研究者を対象とするものだと思われるが、この説が正しいとすると、70歳以上の研究者は、分析力が高くても独創性がゼロ（もしくはマイナス）だから、研究能力はゼロ（もしくはマイナス）だということだ。

ではＡＡ級の有力教授は、Ｂ級に転落したとき自発的に辞めてくれるだろうか。アメリカの壮年Ａ級教授に聞いたところでは、辞めようとしない人が多いので、周囲が手を焼いているということだ。「このところちょっと生産性が落ちているが、調子が戻ればまだまだやれる」と考えている元ＡＡ級教授の首に鈴をつけるのは容易でない。

そこで大学側は、退職金の割り増しや年金の上積みなど、なるべく早く辞めてくれるような対策を講じている。スタンフォードやハーバードのように、自己資金が２兆円、３兆円という金持ち大学であれば、それも可能だろう。しかし定年制を廃止した大学は、結果的に大きな問題を抱え込むことになったのである。

老人が頑張れば、若手研究者はポストを得にくくなる。また元ＡＡＡ・現Ａ級教授が居座ると、それを見習った元ＡＡ・現Ｂ級も辞めようとしない。Ｂ級に落ちても、Ａ級を装うことはそう難しくないからである。この結果、大学は確実に老化する。アメリカの有力大学の中には、教授全員が60歳以上という、養老院のような学科まで出現した。

20代の学生から見れば、60歳はシーラカンス、70歳はビーラカンス、80歳ともなればさらに位が上がってエーラカンスだ。文化勲章の親授式で、功成り名遂げた老人たちの面倒

を見る役人は言っていた。「70代はともかく、80代の人にはいつ何が起こるか分からないので、気が気ではありません」と。実際エーラカンスは、転んで頭を打てば一巻の終わりだし、ビーラカンスは大腿骨骨折で寝たきりになる可能性もある。

20代の若者が、このような〝危なっかしい人〟の研究指導を受けたいと思うだろうか。過去にいかに素晴らしい業績をあげた人でも、平均寿命を超えた老人には、いつ何が起こっても不思議はない。もし指導教授が死んでしまったら、学生は路頭に迷う。

学生が寄り付かなくなったビーラカンスは、エーラカンスに昇格する前に、割り増し退職金をもらって引退を考えるようだが、やはり年齢による強制定年制を維持して、大多数は65歳あたりでお引取り願い、少数のスーパースターだけを特別枠で残す、というやりかたが適切なのではないだろうか。

日本の大学は、国立が65歳停年（お役所言葉では、定年ではなく停年なのです）、私立が65～70歳のどこかで定年という方式がふつうである。そして定年を過ぎたスター教授には「特任教授」というポストを設けて処遇している。

「特任教授」とは、文字通り特別に任命される教授で、仕事の内容も給与水準も様々である。半世紀あとに生まれた孫たちを相手に、オークワードな授業をやるより、たとえ給料が半分になっても、若者に迷惑をかけない方が気持がいい。それに給料が半分になれば、支払い停止になっている年金が入るはずだから、実質的には3割減程度で済むのではなか

ろうか。

大学院生を抱えている正規の工学部教授は、「今年一杯で辞めたい」と言い出して、学生を捨て子扱いすることはできないが、教育義務を免除された特任教授であれば、いやになったときいつでも辞められる。

ではなぜヒラノ教授は特任教授に志願しないのか？　それは特任教授の給与は、外部からの資金で賄われることになっているからである。たとえば中央大学では、特任教授ポストに就くためには、外部から１０００万円以上の資金提供を受けるのがルールである。しかしこの不況の中で、それだけのお金を出してくれる企業は少ない。したがって特任教授になれるのは、江崎博士のような一握りのスーパースターだけなのである。

2　一般教育担当・二級助教授

ヒラノ青年が筑波大学に助教授として採用されたのは、33歳のときである。

この時のヒラノ青年は、都心にある民間の経済研究所に勤めていたが、9年前に修士課程を出てこの研究所に入った時点で、大学と企業の間に横たわる「帰らざる河」を渡る片道切符を受け取ってしまった。

工学部で教授になるための第一条件は、博士号を持っていることである。しかしヒラノ青年が所属した応用物理学科では、1学年50人の学生の中で、博士課程に受け入れてもらえる学生は、たかだか10人に1人だった。

なぜこれほど狭き門なのか。それは博士課程を出た人の就職先が限られていたからである。大学卒業後5年かけて博士になっても、大学や国の研究機関に就職できるとは限らない。確実にポストを手に入れることができるのは、傑出した才能の持主だけである。

一方民間企業は、プライドが高く、歳を重ねている博士を採用したがらないし、入れて

もらっても、自分がやりたい研究がやれる保証はない。理工系の研究にはお金がかかるが、研究費を手に入れるには、どこかの研究機関に所属しなくてはならない。親から譲り受けた資産がある人なら、自宅に実験室を作って発明家を目指すことも可能だろうが、成功する人は稀である。

　このようなリスクを考えると、学生を博士課程に受入れる際には、教官側にも相当な覚悟が必要だったのである。

　折から高度成長期を迎えた産業界は、若いエンジニアを大量に必要としていた。かくしてこの時代、修士課程を出た学生の９割以上が企業に入った。

　ひとたび「帰らざる河」を渡ったエンジニアが、帰りの切符を手に入れるための条件は、画期的な業績をあげることである。この時代、企業から大学教授に迎えられるのは、トンネル・ダイオードを発明した江崎玲於奈博士や、青色発光ダイオードを開発した中村修二博士のような特別な人に限られた。

　では画期的な成果をあげたわけでもないヒラノ青年が、国立大学に、それも助手ではなく助教授として採用されたのはなぜか。それは二重、三重の幸運に恵まれたためである。

　第一の幸運は、向こう岸に渡った27歳の青年に、海外留学の機会が与えられたことである。トップバッターに選ばれた４つ年上の先輩が、ドタン場で留学を辞退したため、ピンチヒッターとしてヒラノ青年が指名されたのである。もはや博士になることはできないと

諦めていた男にとって、千載一遇のチャンス到来である。

2年の間に絶対に博士号を取る、という決意をもってスタンフォード大学に留学したヒラノ青年を待っていたのは、2年では絶対に博士になれない、という厳粛な事実だった。しかしヒラノ青年は諦めきれなかった。〝1日15時間勉強すれば、もしかして……〟。そしてその〝もしかして〟が実現したのである。

しかし博士号を持っていることは、工学部教授になるための必要条件であっても、十分条件ではない。

第2の幸運は、1957年のスプートニク・ショック以降の、理工系大学の大拡充政策である。1957年には400人だった東京大学理科一類の定員は、翌58年には450人、ヒラノ青年が受験した59年には550人に増員され、その後10年を経ずして1000人の大台を超えた。これは東大だけの話ではない。日本中の理工系大学の定員が倍になったのだ。

学生数が2倍になれば、教官定員も2倍になる。しかし大学の中には、それに見合う数の人材はいない。かくして民間企業の研究所や、国立研究機関に勤める研究者が、帰りの切符を手に入れることになった。ヒラノ青年の同期生50人の中で、修士課程に進んだ人の9割にあたる22人が、後に大学教授のポストを手にしたのである（大学産業が縮小過程に入った今では、50人中たかだか5人程度だろう）。

１９７３年も終わろうとする頃、ヒラノ青年に対して３つの大学からほぼ同時に、助教授ポストが舞い込んだ。１つは筑波大学、もう１つが首都圏の国立大学、そして３つ目は都内の有力私立大学である。

学生時代にパチンコに凝っていたヒラノ青年は、これは〝チン・ジャラジャラ現象〟だと考えた。パチンコの玉は出ないときは全く出ないが、一旦出だしたらジャラジャラと出続ける。パチンコのコツは、このチン・ジャラジャラ現象が続いている間に手仕舞いして、景品を手に入れることである。

そこでヒラノ青年は、自分の専門である「オペレーションズ・リサーチ（ＯＲ）」手法を使って、どれが自分にとってベストかを分析することにした。

最初に外れたのは、私立大学からの招待である。どこもそうだが、私立大学の場合は、1人の教官が面倒を見る学生数は国立の約3倍、講義負担も2倍以上である。国際水準の研究者を目指す者にとって重要な事は、研究時間が確保されることである。週に6コマの講義を受け持ち、10人以上の卒研生の面倒を見ていたら、研究に割くことができる時間は週末だけになってしまう。

残る選択肢は筑波大学、首都圏の国立大学と意思決定延期オプション、即ち研究所残留の３つである。

３つの大学から同時にオファーがあったからと言って、４つ目が来るという保証はない。

ここで3つとも断れば、その情報はそこはかとなく業界仲間に伝わり、次のオファーが来にくくなる。〝あの話を断ったのであれば、声をかけても駄目だろう〟と思われてしまうのである。

折から、新しく勤務先の研究所長に就任した日銀調査部出身の外山茂氏は、「成果が出るかどうか分からない研究より、時間をかければ必ず報告書が書ける調査に集中せよ」と号令をかけていた。

文系研究者の場合は、研究と調査の間に明確な境界線はない。綿密な調査を実施して報告書を纏めれば、それが研究業績になる。もちろん、一定のオリジナリティーは要求されるが、その基準は曖昧である。

一方理工系研究者にとって、調査は研究の前段階であって、それを纏めただけでは業績にならない。これまで誰も解いていない重要な問題を解き、それを研究者集団に公開する。そのためには、現在どこまでのことが分かっているのかに関する調査が不可欠である。しかし研究とは、この調査をもとにして〝新しい結果〟を導く営みなのである。

得られた結果が新しいかどうか、また正しいかどうかの判定は、その分野の専門家であるレフェリーに委ねる。そしてこの審査をパスして、論文誌に掲載されたものだけが研究業績になるのである。

〝研究より調査を〟という所長方針は、〝この研究所に理工系研究者は不要だ〟というこ

とである。理工系の研究者として一流になりたいと考える以上は、長くこの研究所に留まるべきではない。留学させてもらった恩義はあるが、研究を続けることができる組織に移籍すべきではなかろうか。

ではどちらの大学を選ぶべきか。まず筑波大学は、「国際A級大学」を目指す「新構想大学」である。ヒラノ青年が所属するはずの「情報学類（計算機科学学科）」の基本計画を立案した西村敏男教授によれば、ここに学生定員80名、教官総数44名という、世界最大級のソフトウェア中心の計算機科学科が誕生するという。

この学科がスタートするまでの3年間は、全学の学生に対する情報処理教育を受け持つ「一般教育担当教官」を務めることになるが、3年後には情報学類の「専門教育担当教官」になって、専門であるオペレーションズ・リサーチ（OR）を担当する――。

都心の一等地から筑波山麓へのキャンパス移転をめぐる、〝血みどろの〟東京教育大学大紛争のあとを引きずる問題含みの大学だが、新設の工学部に所属するノンポリ・エンジニアにまで、その影響が及ぶことはないだろう。

また「文化果つる陸の孤島」の茨城県新治郡桜村（現・つくば市）に作られる、不便このうえない大学には違いないが、当面は千葉県流山市の自宅から通勤し、学園都市ができ上がってから移住すればいい。

では首都圏の国立大学はどうか。この大学はいわゆる二期校だから、大学としての

〝格〟は筑波より低い。しかし担当するのは、専門教育と大学院教育だけで、専門以外の学生に対する一般教育には関わらずに済む。

またここには、大学時代以来の2人の友人が勤めている。交通の便も周囲の環境も、こちらの方が圧倒的にいい。担当する講義はたかだか週に3コマで、学生数も少ないから、十分に研究時間がとれるはずだ。分からないことが多い筑波より、こちらのほうが安全であることは間違いない。

ただ1つの問題は、この学科に君臨するX教授が、とても〝ディフィカルトな〟人物だということである。現在勤めている研究所の実力者・I専務理事も面倒な人だが、X教授は政界や官界に太いパイプを持つ大物だから、面倒の3乗である。このような人に襟首を押さえられて過ごすのは、精神衛生に良くない。

結局ヒラノ青年は、X教授のご機嫌伺いをするのが嫌なのと、国際A級大学という謳い文句に引かれて、不確実性に満ちた筑波大学に移籍することに決めたのである。

このときヒラノ青年は、多数の候補の中からベストなものを選び出すための方法として、ORの世界で考案された〝AHP（階層分析法）〟なる手法（の簡便版）を用いて分析を行ったが、後になって考えると、最善の選択は意思決定延期オプション（研究所残留）だった。もしこのとき西村教授の要請を断っていれば、その直後にやって来た（はずの）、〝3年後に筑波大学社会工学類に、専門教育担当助教授として移籍する〟というオファー

を、二つ返事で受け入れていたはずだ。

　そうしていれば、3年の間研究所に留まり、毎年3ヶ月ずつウィーンにある「国際応用システム分析研究所」に出向して、自分にとっても研究所にとってもプラスになる研究に精を出し、留学の御恩に報いた上で円満退職し、少しばかり文化の香りが漂い始めた筑波に赴任していただろう。


　筑波大学は土浦から10キロ離れた林の中にあった。上野から急行で1時間。30分に1本のバスに乗って40分。5時半に出る最終バスに乗り遅れると、タクシーを呼ぶしかない。給料の5％をはたいて家に戻っても、翌朝6時には家を出なくてはならない。この結果、ヒラノ助教授はしばしば計算機室で夜を過ごす羽目になった。こんな生活を続けていたら、身体が持たないと考えたヒラノ助教授は、家族に懇願して大学近くの公務員住宅に移り住んだ。

　陸の孤島の真ん中にある団地から一歩外に出ると、そこは一面の林である。よくぞこんなところに大学を作ったものだと驚くほど、当時の住環境は「劣悪の3乗」だった。住民の間では、長靴・懐中電燈・棍棒が三種の神器と呼ばれていたが、それはドロンコ道、真の暗闇、そして音もなく近寄ってくる野犬を撃退するためである。

　コンビニ以下のうらぶれたマーケット。気が弱くて抜歯ができない歯医者。いつも満員

のトコヤ。そして週刊誌が開店と同時に売り切れるブックストアー。夕方になると巨大な豚舎から漂ってくる、ブーちゃんの妙なる香り。これほどひどい場所に作られた大学は、世界にも例がないのではないだろうか。

「国際A級大学」、「ソフトウェア科学の世界的拠点作り」という惹句に乗せられてやってきた、ヒラノ青年と宇都宮公訓、斎藤信男の3人は、学内では「筑波三銃士」、学外では「筑波の三バカ」と呼ばれていた。

「三銃士」と言ってもお分かりにならない読者のために書き添えれば、これはアレクサンドル・デュマの小説のタイトルで、ルイ13世の治世下、フランスの片田舎からパリに出てきた青年ダルタニャンが、三銃士のアトス、アラミス、ポルトスとともに大活躍する物語である。

1つ年長のアトスは、博士号を持っていたので助教授として採用されたが、斎藤アラミスと宇都宮ポルトスは、講師ポストを割り当てられた。助手を廃止した筑波大学では、将来助教授・教授への道が開かれている講師Aと、それ以外の講師B（つまり万年講師）の区分けがあったが、誰がAで誰がBなのかは、秘密のベールに包まれていた（本人も知っていたかどうか怪しい）。

しかし早稲田大学電気工学科のチャンピオン・宇都宮ポルトスと、電気試験所（後の電子技術総合研究所）のエース・斎藤アラミスは、博士号さえあれば助教授として採用され

たはずの逸材である。

三銃士に与えられたオフィスは、講義室として設計された60㎡ほどの部屋の中央に、3人分の机を置いただけの、殺風景な空間である。机の脇には、計算機のマニュアルなどが詰ったいくつもの段ボール箱。その横には、業者が差し入れたカップヌードルのケースがある。ポルトスによれば、早稲田時代には、ウィスキーやようかんの差し入れもあったということだ。

情報処理教育に関わる備品や消耗品を納入している業者が、その実質的責任者である、バンカラ早稲田の宇都宮ポルトスに気を遣っているのである。所帯持ちのアトスとアラミスは、ジャンク・フードには手を出さないが、独身のポルトスは食パン一斤を平らげた後、カップヌードルをデザートに1つ、夕方になるとまた1つ。早く奥さんをもらったほうがいいが、本人はまったくその気がないようだった。

純正計算機屋のアラミスとポルトスは、いつも計算機の話ばかりしていた。技術的な話題なので、計算機そのものには素人同然の私、アトスは、本を読んでいるふりをして聞き流していた。

三銃士の当面の任務は、文系・理系を問わずすべての学生に、計算機の初歩を教えることだった。計算機の専門家ではないアトスがこのポストを受けたのは、3年後に「情報学類（計算機科学科）」が発足すれば、「一般教育担当教官」から「専門教育担当教官」にコ

ンバートされ、自分の専門であるORの講義を担当することになっていたからである。

しかしこの約束は守られなかった。そして「情報学類」がスタートした後も、三銃士は一般教育担当教官として、「情報処理」6コマを担当し続けることになった。これに対して、あとからやって来た専門教育担当教官の標準的教育負担は、専門科目2コマと大学院科目1コマの計3コマ程度にすぎない。

一般教育が、誰でも（博士号がなくても）担当できる低レベルの講義の繰り返しであるのに対して、専門教育は、博士号を持たない人には担当させられない〝高度な〟仕事だというわけである。

どこの大学でも、一般教育担当教官は〝パンキョウ〟の蔑称のもとで差別を受けてきたが、通常これらの教官は学内で独立のコミュニティーを構成しているから、その中で暮らしている限り――大半の教官はそのグループの中だけで活動する――差別を意識せずに済んだ。

ところが筑波大学の計算機科学科には、専門教育担当の一級教官34名と、一般教育担当の二級教官10名という二重構造が組み込まれていた。企業における正社員と派遣社員ほどの違いはないものの、アトスは8年間にわたって、二級市民の悲哀をたっぷり経験することになった。

二級市民は一級市民に比べて研究費は3分の1、研究スペースは5分の1、担当講義数

は2倍、そして研究者にとって最も大事な大学院生の指導を行う権利もない。

どのような社会にも差別はつきものだが、国立大学ではそれが制度として確立されていたのである。

陸の孤島には映画館も本屋もない。ましてや、コンサート・ホールなどあるはずがない。あるのは，杉林・梨畑・豚小屋・公園・泥んこ道である。食堂に入れば、顔見知りの学生がウェイターをやっている。パチンコ玉をはじけば、そこにも学生の目が光っている。

「先生、昨日はもうかりましたか?」

「何の話かな」

「とぼけてもだめですよ」

また会議のあと、杉林の中に出現した「サウナ竜宮」に立ち寄れば、湯気の中から〝筑波の独裁者〟こと、福田信之副学長が手招きしている。

「ようアトス。ここにきて座れ」。疲労回復のために来たのに、これでは疲労倍増である。

「はあ、失礼します」

「顔色が良くないな」

「会議が長くて疲れます」。この日の会議は、3時から8時まで続いた。

「息子も元気がないな」

「息子をご存じなんですか？」

「息子じゃなくて、ム・ス・コだよ」。こんなに働かされているのに、ムスコが元気だったら異常だ。

ウィークエンドに散歩に出れば、そこには助教授風情を見下す教授令夫人。公務員住宅の住民の半数以上は大学関係者である。息がつまりそうなので、往復７００円（！）のバス代を払って土浦まで遠出しても、あるのは大音響で軍歌を流すアナクロ商店や、オシッコの香りが漂う活動写真小屋である。

かくしてヒラノ助教授は、ほとんど研究らしきことをやらずに、３年を過ごすことになってしまった。３年間研究しない人は、４年目もやらない。筑波に赴任するとき、若手のホープと見られていたヒラノ助教授は、研究レースから完全に脱落した。

3　大学スゴロク

〝国際A級大学〟というキャッチ・フレーズを目にしたときヒラノ青年は、はじめて日本にも、アメリカのような大学ができるのだと早合点した。しかし筑波大学の実態は、この期待を完全に裏切るものだった。管理職が雑務を引き受けるはずなのに、実際には既存の大学同様、さまざまな意思決定は教員全員が集まる学科会議の場で行われる。どうでもいいようなことでも、全教官の（形式的）同意を得ておいた方が安全だというのである。

ところが新設大学には、〝慣行〟というものが存在しないから、すべてを一から決めなくてはならない。東大・京大をはじめとする、カルチャーの異なる大学の様々な学科からはみ出してきた、オレがオレがという教授たちの意見をまとめるには、大変な時間がかかる。

新設大学工学部の助教授は、「教育・雑務マシーン」である。日本の工学部では、たとえ新設でなくても、１００％研究・教育に専念できるのは、（思いやりのある教授のもと

で）助手として過ごす数年間だけで、助教授に昇進した途端に大量の雑用が降ってくる。

これに対して、留学先であるスタンフォード大学のオペレーションズ・リサーチ（OR）学科は、発足してから2年にしかならない新設学科だったが、学長から任命された学科主任が強大な権限を持ち、有能な副主任とこれまた有能な秘書の協力の下に、学科運営にあたっていた。

アメリカの大学に留学もしくは勤務した経験がある人なら、学科主任や主任秘書の権限の強さと有能さに驚いたはずだ。OR学科設立以来、10年近くにわたって学科主任を務め、世界一の学科を作り上げたジェラルド・リーバーマン教授（鳩山由紀夫元総理の指導教官はこの人である）は、副学長を退任するにあたって、「OR学科主任時代が最もやりがいがあった」と述懐していたが、これは掛け値なしの本音だろう。

スタンフォード大学で見聞したところでは、あちらの工学部平《ヒラ》教授は月に2回ほど、昼休みにランチバッグを持って会議室に集まり、小一時間、学科主任の報告を聞く。平《ヒラ》教授が出席しなくてはならない〝会議〟は、これがすべてである。

カリキュラム変更や教官の採用、学生の処分など、ややこしい問題が起ったときには、臨時に会議を開くこともあるが、学科主任が強力な権限を持っているので、会議は早々と終るし雑用もほとんどない。

「国際A級大学」を目指した筑波大学の計算機科学科（情報学類）が、ありきたりな学科

になってしまったのは、良くも悪くも〝民主的な〟組織だったためである。（ヘボ）船頭が多かったため、船が山に登ってしまったのである。

残念なことに、筑波の計算機科学科は、ソフトウェア科学の世界的拠点になれなかったばかりか、日本の中心地にもなれなかった。あちこちの大学からやってきた、マーロン・ブランド、シルベスター・スタローン、チャールズ・ブロンソンなどの荒くれ者が、バトルを繰返している間隙を縫って、ハードウェア集団に7人分の教官ポストを奪われてしまったのである。身から出た錆とはいうものの、「ソフトウェア科学の世界的拠点作り」どころの話ではなくなってしまった。

33歳で筑波大学助教授のポストを手に入れたとき、ヒラノ助教授は30代のうちに目覚ましい業績を挙げて、40代の余り遅くないうちに教授になりたいと考えていた。「帰らざる河」を渡ったはずの男が、〝幸運にも〟帰りの切符を手に入れ、助手を飛ばして助教授になったのだから、そんなに慌てなくてもいいだろうと思われるかもしれないが、ヒラノ助教授にはどうしても早く教授になりたい理由があった。

筑波に赴任する5年ほど前のこと、大学時代の3年先輩にあたる白貝茂夫氏が、京都大学数理解析研究所の助教授に採用されて間もなく、「これから先の目標はただ1つ、1日も早く教授になることだ」と言い放ったとき、ヒラノ青年は何でそんなに急がなくてはな

らないのかと訝った。

28歳で博士号を取り、2年余りの助手生活を経て、弱冠31歳で世界のセンター・オブ・エクセレンスの助教授というのは、研究者のキャリア・パスとして最高ランクに位置づけられる。

その上この人の博士論文は、人工知能の世界的権威である、スタンフォード大学のジョン・マッカーシー教授の高い評価を得たくらいだから、慌てなくてもいずれ教授ポストは自然に転がり込んでくるはずだ。

伝統ある国立大学の理工系部門の助教授は、通常同じ講座の教授より15歳から20歳程度若い研究者の中から選ばれる。優れた能力と実績を持ち、将来教授として十分な業績を挙げる見込みのある人が採用されるのだから、普通にやっていれば、40代半ばには教授に昇進するはずなのに、なぜそれほど急ぐのか。

白貝氏の発言に合点がいったのは、同じ講座の教授と年齢が5つしか違わないことを知ったときである。普通にやっていたのでは、この人は教授が停年で辞めるまで、つまり58歳になるまで教授になれないのである。

大学という社会を知らない人は、教授も助教授もさほど違わないと思うかもしれない。しかし実際には、企業で言えば社長と平取締役、政治家で言えば大臣と副大臣、軍隊で言えば中将と中佐くらいの違いがある。

講座制の大学では、教授は一国一城の主であって、講座の中では絶対的権力を持っている。人事は教授の専管事項であり、助教授は教授から相談を受けることはあっても、最終判断を下すのは教授である。また国から配分される講座経費をどのように分配するかも、教授の権限である。

地位にもカネにも関心がなく、研究さえやれれば十分だという人は、早々と教授になって厄介な管理業務を引き受けるより、助教授のままでいた方が気楽だと思うかもしれない。しかし助教授といえども、雑用はバラバラと降ってくる。教授がやりたくない仕事を押し付けてくることもある。どうせ忙しいなら教授の方がいい。第一、給料にかなりの差があるし、社会的評価も大違いだ。

60歳停年制の大学の場合、50歳を過ぎても助教授という人は少数である。助教授に採用された人は、その時点では十分な能力と業績を持っていたはずだから、普通にやっていれば50までには教授になる。したがって、あと数年で停年を迎える「万年助教授」は、特別な事情がある人――たまたま博士号を持っていなかった人、大病をした人、学内でトラブルを起こした人など――に限られる。

教授と5つしか年齢が違わない白貝氏が、助教授に採用されたということは、これが数年程度の腰掛けポストであって、適当な時にほかの大学に（教授として）転出することを想定したものである。転出しなければ、58歳まで万年助教授生活である。かくして京大並

みの一流大学に教授として転出するのが、白貝助教授の最大かつ緊急の目標になったというわけである。

ではヒラノ助教授の場合は、どのような理由があったのか。

1つの理由は、一般教育・情報処理担当は、助教授・講師（現在で言うところの准教授）ポストが7人分あるのに対して、教授ポストは2つしかなかったことである。つまり7人の助教授・講師の大半は、一般教育担当ポストに止まる限りは、教授になれないということである。

その上、2つの教授ポストには、40代初めの人が坐っている。そのうちの1人である博士号も研究業績もない文部省の天下り教授は、いずれどこかに転出すると見られていたが、文部省は一度手に入れた権益を放すはずがない。この人が転出すれば、また別のノンキャリ官僚を押し込んで来るだろう。

もう1人の教授は、これまた40代初めの好人物で、この大学をついの住処と考えているように見えた。だからヒラノ助教授も白貝助教授同様、一般教育・情報処理担当ポストに閉じ込められている限りは、58歳まで教授になれないのである！

教授になるには、情報学類の専門担当教官にコンバートしてもらうしかない。ところが当初その約束であったにもかかわらず、チャールズ・ブロンソンとシルベスター・スタローンたちの抗争のとばっちりで、約束は反故《ほご》にされてしまった。しかし仮に専門担当教官

へのコンバートが実現したとしても、教授昇進は容易ならざることである。筑波大学は、講座制を廃止したはじめての国立大学である。講座制の大学では、教授は講座の中の〝王様〟である。外部からの干渉を許さない組織は、教授次第で天国にも地獄にもなる。たとえば、学生時代にヒラノ青年が所属した講座の助手は、一人前の研究者として処遇されていたが、隣の講座の助手は、奴隷とは言わないまでも雑務マシーンだった。筑波大学が講座制を廃止したのは、このような閉鎖社会の弊害《へいがい》を取り除くためだった。

　講座制を廃止すれば、すべての教官は個人商店主のようなものだから、助教授が特定の教授から無理難題を押付けられたり、研究の自由を奪われるようなことはない。その一方で助教授は、将来の見通しを立てにくい。

　講座制大学の工学部では、A講座の助教授は特別なことがなければ、いずれA講座の教授になる。しかしこの大学では、教授ポストが空いたとき、15人の助教授の中の誰を教授にするかは、15人の教授の合議によって決まるのである。

　助教授の中で最も業績がある人が教授になるのが望ましいが、業績評価は必ずしも容易ではない。しかもこの学科には、東大・京大をはじめとする、カルチャーの異なる大学から〝はみだして〟きた、40代の曲者教授がそろっている（元の大学で優遇されていれば、文化果つるところに作られた、問題含みの新設大学などに見向きもしないものだ）。

　3つのグループに分かれて対立している、15人もの教授を上司に持つ助教授は、時化《しけ》の

中の釣り船のようなものである。彼らに右顧左眄《うこさべん》しながら、50過ぎまで助教授として過ごせば、教授になったころには、エネルギーが枯渇しているだろう。

江崎玲於奈博士が言うとおり、45歳でピークを迎えた後の理工系研究者には、50代に入ると急な下り坂が待っている。渡部昇一氏によれば、50代の工学部教授は、相撲部屋の親方のようなものである。だから現役中に確固たる業績をあげておかなければ、親方になっても優秀な弟子は集まらない。

ヒラノ助教授がなるべく早く教授になりたいと思った公式の理由は、二流の教授に気を使うことなく、生涯の研究テーマに取り組み、国際AA級の研究者になりたいと思ったことである。しかし理由はそれだけではない。ヒラノ助教授は学生時代から、重症の〝教授パラノイア〟にかかっていたのである。

ヒラノ助教授の父は地方の国立大学に勤める数学者だった。また義父も、東京近郊の国立大学に勤める医者だった。

義父は同期の中で最も早く助教授に昇進し、将来を嘱望されていたが、軍医として南方に出征し、フィリピンで戦死した。女手一つで2人の娘を育てた義母は、いつも娘の夫に、「早く教授になってね」と言い続けていた。山崎豊子が『白い巨塔』で暴露したとおり、医学部では教授は皇帝、助教授以下は虫けら同然だから、工学部もそうだと思ったのだろう。

一方ヒラノ助教授の実父は、息子同様33歳で助教授に採用されたものの、太平洋戦争と教授との確執という2つの不運に見舞われたため、博士号を取ることができなかった。地方の国立大学といえども、博士号がない人はなかなか教授にしてもらえなかった。母は50歳を超えても教授になれない父を疎んじていた。そして息子に対して、父は教授だと嘘をついた。

大学3年生になった時、小学校時代の先生から、

「君のお父さんは、もう50を超えたはずなのに、まだ助教授なんだね」と言われて、

「いいえ。父はずっと前から教授のはずです」と言い返したものの、その後間もなく図書館で見つけた『国立大学人事要覧』なるパンフレットで、父が本当に助教授だと知った時、ヒラノ青年は足元を突き崩されるようなショックを受けた。教授のはずの父が助教授!!

大学に職を得て、ヒラノ助教授は50代の助教授の侘しさを、身にしみて知った。〝息子が誰かから、「君のお父さんはもう50を過ぎたはずだが、まだ助教授なんだね」と言われるようなことは、絶対にあってはならない――〟。

そこで以下では、33歳の時にヒラノ青年が中途参加した、「大学スゴロク」の仕組みを、簡単に説明しておくことにしよう。

独立法人化（国立大学独立行政法人化）される前の大学スゴロクの出発点は、「助手」

である。助手は教授もしくは助教授のアシスタントとして、研究・教育・管理業務に携わる。しかし助手はあくまでアシスタントであって、独立した権限は何もない。仕事の内容は教授の胸先三寸で、研究・教育オンリーの恵まれた助手もいれば、雑用ばかりの人もいる。

博士課程を出たあと、27か28で助手になった人は、順調にいけば3年ないし5年で「専任講師」もしくは「助教授」に昇進し、アメリカでいうところの〝テニュア（終身教授権）〟を獲得する。

以後順調に業績を積めば、40代の半ばまでには、「教授」職に就く。アメリカでは、能力と実績次第で、30歳になる前に教授に昇進する人もいるが、日本の国立大学工学部では、30代で教授という人は10人に1人もいない。一方50代で助教授という人も、10人に1人以下である。

スゴロクには「1回休み」、「2回休み」、「振り出しに戻る」などの罰則がある。大学スゴロクでは〝40歳を超えても助手〟が1回休み、〝50歳を過ぎても助教授〟が「2回休み」に相当する。また教授は上りのポストなので、セクハラや論文盗作懲戒処分を受けても、（免職になることはあっても）助教授に降格されるようなことはない。

一方ランクが低い大学の教授が、一流大学の助教授に就任するのは珍しいことではない。また稀ではあるが、アメリカの一流大学教授が、（アメリカ暮らしが嫌になって）日本の

大学に助教授として戻ってくるようなケースもある。

大学スゴロクを兵隊の位で表わすと、助手が「曹長」、専任講師が「大尉」、助教授が「大佐」、そして教授が「中将」に相当する。なおこの上には、「大将」に相当する学部長、「上級大将」に相当する副学長と「元帥《げんすい》」に相当する学長ポストがあるが、学長は研究・教育を卒業した人が就く、行政職ポストである。また学部長が教官の選挙で選ばれるのに対して、副学長は学長が指名するのがふつうである。

大　学	軍隊
助手（一般教育）	軍曹
助手（専門教育）	曹長
専任講師	大尉
助教授（一般教育）	少佐
助教授（一般教育＋大学院）	中佐
助教授（専門教育＋大学院）	大佐
教授（一般教育）	准将
教授（一般教育＋大学院）	少将
教授（専門教育）	中将
学部長・研究科長	大将
副学長	上級大将
学長	元帥

なお一般教育担当の場合は、専門教育担当より1ランク下がって、助教授が少佐、教授が少将に対応する。また大学院担当でない教官は、少将が准将《じゅんしょう》という具合に0・5ランク下がる。

蛇足ながら付け加えれば、お役所という組織の中の国立大学は、文部科学省の出先機関の1つに過ぎない。したがって大学スゴロクで中将に相当する教授は、文部科学省本省スゴロクでは係長（中佐）扱いである。

また、90年代初めに実施された大学設置基準の大綱化により、一般教育と専門教育の区分けはなくなった。さらに90年代半ばに大学院重点化を実施した大学では、大将の地位は学部長から研究科長に移った。

そして独立法人化のあと、２００7年からは、助手が助教（という中途半端な名称）に変わり、助教授が准教授と呼ばれるようになった。

4　文系スター教授

1981年の11月、50を過ぎても教授になれないはずの「教育・雑務マシーン」に、東京工業大学工学部の人文・社会群「統計学教授」ポストが降って来た。
人文・社会群は、かねて文系一匹狼の居城として知られていた。古くは永井道雄（教育学）、川喜田二郎（文化人類学）、宮城音弥（心理学）、82年当時も永井陽之助（政治学）、吉田夏彦（哲学）、江藤淳（文学）、香西泰《こうさいゆたか》（経済学）などのスター教授が、とかくくすんだイメージが付きまとう、東京工業大学の広告塔として活躍していた。

8年間の教育・雑務マシーン生活のあと、運よく中佐から少将に昇進した私、ヒラノ教授は、教授パラノイアから解放された反動で、心身症にかかった。懲役20年の刑を受けて、重い鉄の球を引きずっていたジャン・バルジャンが、8年後に突然釈放されたようなものである。

ひどい耳鳴りとめまい、そしてわけのわからない恐怖。地下鉄門前仲町駅で満員電車に

乗るのが怖くて、10本以上電車を見送った後、地上に逃げ出し永代橋を渡っていると、足もとがぐらぐら揺れた。不思議なことに、講義をしている間だけはこの症状から解放されたが、昼食を済ませた後は研究室で漫然と過ごし、ラッシュアワーが始まる前に家に逃げ帰った。

2年もこのような状態が続いたのに、問題にならなかったのは、人文・社会群が文系の一般教育組織だったからである。〝一般教育担当教官の任務は、（レベルの低い）一般教育であって、研究ではない〟というのが文部省の方針だから、講義以外の時間は何をやってもいいし、何をやらなくても構わないのである。

毎日大学に出てくるのは、数人の〝売れていない〟人だけで、大半の教官は週に3日だけ出勤して、週3コマの講義をこなした後は、好き勝手なことをやっていた。

著書や雑誌記事の執筆、他大学の非常勤講師、カルチャー・センター講師、テレビのコメンテーター、鎌倉市役所の役人の昼食時間調査、エトセトラ。もちろん書斎にこもって、源氏物語やアインシュタインの研究をやっている人もいた（日本には数百人の源氏物語研究者がいるという話を聞いたことがあるが、そのかなりの部分は一般教育文学担当教授だろう）。

（理系）論文が10編しかない教育・雑務マシーンが、国際A級の理工系大学に教授として呼んでもらえたのは、スタンフォード大学の統計学修士号を持っていたことと、理系集団

では業績にならない5冊の著書・教科書と、「中央公論」に掲載された論文が、文系集団では評価の対象になったからである。

それにしても、日本には優秀な統計学者が大勢いるのに、なぜヒラノ助教授が選ばれたのか。それは文理両道・博覧強記の大哲学者・吉田夏彦教授が、〝ブンジニア（文理両道のエンジニア）〟を目指すヒラノ助教授の将来性に期待してくださったからである。


吉田教授は大学生のころから、憧れのスターだった。東京大学工学部の応用物理学科に進学した1961年の春、〝計算機を理解するには論理学を学ばなくてはならない〟という先輩の言葉を信じて、ヒラノ青年は図書館から1冊の本を借り出した。書名はそのものずばり『論理学』。著者は吉田夏彦である。

奥付に記された著者略歴には、1928年生まれ、北海道大学哲学科助教授、専門は論理学とある。初版が出たのは3年前の1958年だから、30歳の若さでこの本を書いたことになる。その上この人は27歳のときに、当時インテリの間で最も権威があった岩波書店から、エイヤーの『言語・真理・論理』の訳書を出している。早熟な論理学者「吉田夏彦」の名前は、このときヒラノ青年の脳裡に深く刻みこまれた。

吉田教授のことを一層強く意識するようになったのは、1975年にエッソ・スタンダード社から刊行された、『エナジー対話』の第2号『人間と数学』を読んだときである。

Ｂ５判で１００ページ余りのこの冊子は、数学基礎論が専門の赤摂也立教大学教授と吉田教授の、４日にわたる対談をもとに編集されたものである。

本に添えられた手紙に、「１万人のオピニオン・リーダーの皆様にお届けしております」と書かれているのを見て気を良くしたヒラノ青年は、読み始めて仰天した。吉田教授は哲学・論理学だけでなく、数学にも物理学にも該博《がいはく》な知識を持っているのだ。

対談の場合は、相手が言っている事を即座に理解して、それに適切に答える必要がある。両者の知性や知識に差があるときは、話は一方通行になってしまう。相手の赤教授は、日本が世界をリードする数学基礎論のスター教授である。

ヒラノ教授はこれまで沢山の対談記録を読んできたが、この対談ほど両者の議論がかみ合ったものにはお目にかかったことがない（なおこの冊子は、後日朝日新聞社から単行本として出版されている）。では吉田教授とは、どういう人なのだろうか。この本の冒頭に記された自己紹介には、次のように書かれていた。

少年時代から科学の成果を論理的な道筋を通して理解したいといふ関心があった。だから始は理科志望だったが、その方面の教科書や授業にはあまり満足できなかった。もちろん理科的な感覚のある人にとっては、この種の教科書や授業は有効なものであらう。しかし、科学の成果のなかには感覚の有無に関係なく、万人にわかるやうに体系化でき

る部分がかなりあるのではないかといふ予想があり、この予想をうらづけるには哲学をやった方がよいと、ある物理学の先生にいはれたことも、一つのきっかけで、哲学科に進んだ。論理学や分析哲学に興味を持つやうになったのも、この経歴と関係があらう。かなりの年月がたった今、やうやく、かつての予想をうらがきするやうなかたちで、科学論をまとめることができる日が近づいたやうに感じてゐる。（原文のまま）

つまりこの人は、なろうと思えば数学者にも物理学者にもなれたが、より高いところから科学全体を俯瞰《ふかん》するために、哲学科に進んだのである。吉田教授にとって、この選択がベストだったかどうかはともかく、〝かつての予想をうらがきするやうなかたちで、科学論をまとめることができる日が近づいたやうに感じ〟る境地に到達したのだ。

吉田教授は文理両道・博覧強記のカッコイイ人だった。教授会におけるエンジニアの短絡的な発言に対して、よどみない穏やかな口調で厳密に反論する勇姿は、今も目に焼き付いている。カッコイイだけではない。この人は育ちがいいだけあって、誠に品がいい人だった。決して他人の悪口を口にすることはなかったし、差別待遇を受けても常に超然としていた。

もう1つ付け加えれば、この人は徹底した原理原則の人、こだわりの人だった。80歳を超える今日まで〝旧仮名遣い〟を通していることから見ても、その本格さがわかるだろう。

吉田教授と並ぶ人文・社会群の大スターは、江藤淳、永井陽之助両教授である。

江藤淳という名前を、ヒラノ教授は高校時代から知っていた。１００年以上の歴史を持つ日比谷高校は、キラ星のようなスターを生み出した名門校だが、８つ年上の江藤淳氏は、慶応大学在学中に『夏目漱石』（東京ライフ社、１９５６）を著し、ヒラノ教授が同校に入った時、すでに文壇で注目される存在になっていた。

同級生だった辻井重男東工大名誉教授によれば、江藤少年は早熟な〝跳ね上がり〟学生だったということだ。この高校では、国語や歴史の授業は、学生が輪番で発表を行い、教官がこれにコメントするというスタイルで進められていたが、江藤少年は歴史の発表をフランス語でやったというのだ。

名物国語教師・増淵恒吉氏は、「日比谷高校１００年の歴史で国語三傑は、一が谷崎潤一郎、二が江藤淳、そして三が（ヒラノ教授と同期の）野口悠紀雄だ」と言ったそうだが、市河三喜、辰野隆《ゆたか》、小林秀雄、幸田露伴などの先輩を押しのけて2番というのはスゴイ。

『夏目漱石』で文壇にデビューした江藤青年は、以後文芸評論家として健筆《けんぴつ》を揮《ふる》ったが、70年代末以降は、占領軍によるマスコミの検閲を暴くとともに、戦後民主主義の虚構を厳しく批判し、文芸評論から政治・社会・文明評論に進出した。

ヒラノ教授が人文・社会群に赴任した当時、江藤教授はジャーナリズムに、年３０００

枚を超える文章を発表していた。３０００枚書くには、その10倍の文章を読まなくてはならない。〃他人の文章を正確に理解した上で想を練り、ひとたび文章にしたものは修正しない〃ということでなければ、毎年コンスタントに、３０００枚以上の〃他人に読ませる〃文章を書くことはできない。

歯に衣着せぬ筆鋒は、（少数の）熱烈な支持者と（多数の）敵を生み出した。また敵と味方を峻別《しゅんべつ》するこの人は、ひとたび敵と見れば容赦なく相手を叩いた。だから吉田教授のチャンネルで東工大に呼んでもらったヒラノ教授は、吉田教授を敵視する江藤教授から睨まれてもおかしくなかったはずだ。

ところが周囲の心配をよそに、江藤教授はヒラノ教授に対して友好的だった。それはヒラノ教授が日比谷高校の後輩であることと、自分と敵対関係に立つ心配がない、理系人間だったからだろう。国語の才能とは対照的に、数学に弱いこの人は、数学ができる人をそれだけで尊敬したという説もある。

江藤教授のような天才を、凡人の常識で批評することは控えるべきだろう。しかし〃富士は遠きに見て思うもの〃の言葉どおり、至近距離から見るこの人は、かなり〃ディフィカルトな〃人だった。

その最大の原因は、文学者という職業に対する並はずれたプライドである。文学者は、たとえ社会常識に外れたことをやっても大目に見るべきだ、という信念は、しばしば〃お

やおや〟と思わせる言動を引起した。

2つ目は、権力とお金に対する常人離れした感覚である。評議員ポストに対するギラギラの意欲はご愛嬌として、懇親会費の不払いや、高齢女性事務官を慰労すると言ってレストランに誘い出し、支払いは〝割り勘〟というのは如何なものか。

敵に対してはもちろん、意に染まない助教授や助手に対する苛酷な仕打ちや、教室を抜け出そうとする学生に、チョークや椅子を投げつけるなどの過激な行為は、しばしば物議をかもした。

文系の若手教官は折に触れ、「88年問題」を口にした。永井・吉田教授という重石があるので、今のところはこの程度で納まっているが、2人が停年で辞めたあと、江藤教授の独裁・恐怖政治が始まるのではないか。これが88年問題の核心である。

しかしそれにも拘らず、ヒラノ教授はこの人が嫌いではなかった。天才高校生がそのまま大人になった人。余りにも敵が多いので、必要以上に攻撃的になってしまう人。しかし谷崎に次ぐ天才ということであれば、少々おかしくても、大目に見てあげましょう――。

〝直接的な被害を受けていないから、そんなことが言えるのだ〟という声が聞こえてきそうだが、どうしてどうしてかく言うヒラノ教授も、主任を務めた2年間、それなりの被害は受けているのです。

3人目の大スター・永井陽之助教授は、現実主義の国際政治学者として、京大の高坂正堯教授と並ぶ論壇の重鎮である。江藤教授ほど多作ではないが、赴任するにあたって『平和の代償』（中央公論社、1967）、『冷戦の起源』（中央公論社、1978）などを読みかじったヒラノ教授は、この人の明晰《めいせき》な文章に感銘を受けた。

ところが学科会議における意味不明な言辞を耳にして、これがあの名著を書いた人なのか、と怪訝な気持ちを抱いた。永井教授は、学科会議の場でいつも原稿書きや校正をやっているのだが、それが一段落したところでいきなり立ち上がり、前後の脈絡なく（意味不明な）主張を述べ、そのあとは再び校正に精を出した。

永井教授は、82年の秋から1年間ハーバード大学に滞在したあと、1年ほどして停年退官されたので、直接お話しする機会はほとんどなかったが、学科主任として最終講義の司会を務めたときは、新聞・雑誌・放送局などの記者十数名が発するカメラのフラッシュに目がくらんだ（これだけのフラッシュを浴びたのは、後にも先にもこれ1回限りである）。

永井教授のカリスマ性は、エンジニア志望の学生をも虜《とりこ》にした。中には、機械工学科を卒業したあと永井教授に師事して、国際政治学者を目指したが、停年を機に〝捨て子〟の憂き目に会い、結局エンジニアにも国際政治学者にもなれなかった気の毒な学生もいた。

ひとたび受け入れた学生は、トコトン面倒をみるエンジニア・カルチャーと、文系一匹狼カルチャーの違いを見せつけた悲劇的な出来事だった。

青山学院大学に移籍後間もなく、不可解な言動が目立つようになったという噂が伝わってきたが、この年に発表された『二十世紀の遺産』（文藝春秋、１９８５）以後、永井教授の文筆活動は途絶えてしまった。

人文・社会群のややこしさは、このグループに真右勢力と真左勢力が混在していたことである。永井・吉田・江藤の三巨頭が自民党支持の右派であるのに対して、歴史系（科学史・技術史・歴史学）の５人は筋金入りの左翼である。

東工大は、かねて関東の国立大学の中で、民青グループの拠点校と位置付けられてきたが、82年当時このグループのリーダーを務めていたのが、科学史担当の道家達将教授である。

人文・社会群に移籍して僅か2年後に、新参者が学科主任を引き受けることになったのは、三巨頭も左翼勢力もノーと言わない候補は、ノンポリ・エンジニアしかいなかったためである。

学園紛争時には、人文・社会群は左右両勢力の衝突を経験したはずだが、その後10年を経て左翼勢力は力を失い、学科会議が荒れるようなことはなかった。しかし何か１つあれば、かつてのトラブルが再燃する可能性は十分にあった。

学科主任を務めるナイーブなエンジニアは、左右論客たちのレトリックに翻弄され続け

た。真左グループの理不尽な要求と、それに対する真右教授の痛烈な批判。永井教授の素ッ頓狂な言辞。たまに会議に姿を現しても、ほとんど発言しない香西教授。飛び交う矢を楽しむ奥脇直也助教授。

紛糾する議論の取りまとめ役の心労はいかばかりか、と言えばさにあらず。月光仮面・吉田教授の、〝この件は○△主任のときに、かくかくしかじかと決まったはずだ〟の一言で、議論は一件落着するのである。

文系スター教授とのお付き合いの中で、ヒラノ教授は文系一匹狼たちの頭の中を覗き見させていただいた。そこで分かったことは……。

1つ。（吉田・道家教授以外の）一匹狼は、東工大に対して忠誠心を抱いていないこと。彼らは大学や学生のことより、自分のことが大事なのだ。

1つ。彼らは、必ずしも本音を述べているとは限らないこと。相手を論破するためであれば、詭弁《きべん》を弄《ろう》することを厭わない。

1つ。議論はその場で首尾一貫していれば、それでいいと思っていること。1ヶ月後に180度違うことを言っても、状況が変わったと言えばそれで済む。

1つ。彼らは数学ができる人に対して、劣等感（もしくは嫌悪感）を抱いていること。彼らが理系人間を敬して遠ざけるのはこのためである。

彼らのレトリックとまともに付き合っていたら、理系人間の脳味噌はグルグル巻きにな

る。しかしヒラノ教授にとって、人事・予算・設備という三大トラブル案件とは無縁の〝文系レトリック会議〟は、筑波大学の〝血みどろ利権会議〟より遥かに心地よいものだった。

5　大学設置基準の大綱化

東工大の文系一般教育担当教官は、外国語が30人弱、人文・社会科学が20人強、保健体育と教職科目担当教官がそれぞれ4～5名ずつという陣容だった。

多くの学部からなる総合大学では、一般教育担当教官は「教養（学）部」に所属していたが、専門課程教官と教養部（一般教育）教官の処遇には、歴然たる差があった。国から配分される研究費は、専門教官と一般教育教官の間にざっと3倍、設備の面では5倍の開きがあった。例えば、筑波大学計算機科学科の場合、専門教育担当助教授が、年１００万円近い研究費をもらっていたのに対して、一般教育担当助教授の研究費は、外国語担当助教授並みの年30万円だった。

年30万円ということは、平たく言えば研究などやるなということである。なぜなら少々計算機を廻せば5万から10万のお金が飛んで行くし、海外の専門誌に論文を掲載してもらうと、3～4万円の掲載料を取られる。数式入りの英文論文のタイプを外注すると、15ペ

ージで3〜4万円、レフェリーの要求に応じて修正するとまた2〜3万円。つまり論文を1編書くと、15万円くらいの費用がかかる。30万の研究費では、年に2編書いたらケロケロパーである。

一般教育科目は、文系だけでなく理系にもある。低学年の学生に対する数学・物理・化学・生物学などの科目は、一般教育に位置づけられ、これらの科目を担当する教官は、一般教育枠で採用される。したがって、これらの教官に配分される研究費や研究スペースは、専門教育担当教官よりずっと少ない。

ところが、低学年教育のための「教養部」という組織が存在しない東工大では、すべての教官がそれぞれの専門学科に所属して、専門教育と一般教育を均等に負担し、研究費もスペースも均等に配分されていた。また採用にあたっても、同じ基準をあてはめていたから、教官の質にも違いはなかった。

同じく教養部がなかった東京教育大学を改組して作られた筑波大でも、数学・物理・化学・生物学については、一般教育担当教官と専門教育担当教官の区別はなかった。ヒラノ助教授が所属した計算機科学科も、当初はこのシステムを採用することになっていたのだが、差別がお好きなマーロン・ブランド教授やシルベスター・スタローン教授の意向で、規程どおりの差別システムが採用されることになったのである。

一方、教養課程が駒場キャンパス、専門課程が本郷キャンパスに分かれている東京大学

の場合は、両者の間にかなりの違いがあったようだ。事実ヒラノ青年は学生時代に、若手の数学担当助教授が、数学科専門教育担当教官との違いについてボヤいていたのを、何度か耳にしている。

人文・社会群は、文系一般教育グループとしては特別待遇を受けていた。教育負担は、90分講義が週3コマ、すなわち外国語教官の6割程度である。一方研究費は外国語の約2倍、助手ポストは文部省の規定では2人のところ、5人といった具合である。そのおかげで、ここには各分野で一流とよばれる人が集まってきた。

しかし、研究に命をかけている専門課程の教授から見れば、〝研究しなくてもいい〟文系一般教育担当グループは、二級市民でしかありえない。またエンジニア志望の学生にとって、高校の繰り返しのような英語や、役に立つ見込みがないドイツ語、そして専門に関係がない人文・社会科学科目は、できることなら取らずに済ませたい科目である。

理工系に突出した才能を持つ学生を、1年半もの間一般教育漬けにするより、なるべく早い段階から専門教育に馴染ませ、士気を高めるべきだ——。東工大ではこの方針のもとに、古くから「楔形《くさび》」と称するカリキュラムが組まれていた。

既に書いたとおり、この大学では一般教育も専門教育も大岡山キャンパスで実施される。であるならば、低学年のうちから専門教育科目を取り入れる一方、一般教育科目は3、4年になっても履修できるようにしよう。このような、一般教育の中に専門教育を楔のよう

に埋め込むのが、東工大伝統の「楔形」システムである。

これは人文・社会群の教官にとって、大変望ましい制度だった。（レベルの低い）1、2年向けの大人数講義だけでなく、高学年学生に対する、密度の高い少人数講義を実施することができるからである。

エンジニア志望の学生の中にも、15％くらいは人文・社会科学に関心がある人がいる。そういう学生は、20人程度の少人数クラスで、文系スター教授の講義を受けることができるのである。彼らにとって、これは一生に一度の経験である。OBの中には、（菅直人総理のように）卒業後40年近く経っても、永井陽之助教授の「平和の代償」や江藤淳教授の「夏目漱石」を履修したことを自慢する人がいるくらいである。

問題は外国語である。教官の90％が東大文学部の出身で、その3人に1人が、全く役に立つ見込みがないドイツ語が専門である。そして学生のニーズが高い、中国語・韓国語・スペイン語の専任教授は1人もいない。

工学部教授は、時代の要請に合わせて専門を変えていく。機械工学から計算機科学、情報科学から金融工学に転進した研究者はいくらでもいる。

「スペイン語とドイツ語は違う言語だとは言っても、同じ語学じゃないか。もともと語学が得意なドイツ語教授なら、1～2年も勉強すればスペイン語を教えるくらい、何とでもなるはずだ――」。これが、5年ごとに新分野にチャレンジするエンジニアの発想である。

ところがドイツ語教授は、このような人たちを野蛮人と軽蔑し、ドイツ語から一歩も外に出ようとしない。英語教授も同じである。ある英語教授は、工学部教授の〝暴論〟に対して、

「スペイン語くらいはやれないことはないが、それをやると専門の研究に支障が出る」と反論した。ところがこの人の専門は、シェイクスピアにおける不定冠詞〝a〟の研究なのだそうだ。日本人が東京工業大学で、このような研究をやる必要は奈辺にありや？

外国語と同様、体育にも疑問符が付いた。体育実技のあと、学生は疲れているので、授業の進行に支障が出る。スポーツが好きな人は、運動部かサークルに入って、放課後にやればいいのではないか。〝語学と体育を必修から外し、選択制にすべきだ〟。工学部教授の多くはこう考えていた。

こういう状況の中で90年代はじめに実施されたのが、「大学設置基準の大綱化」すなわち、〝一般教育と専門教育の線引きを廃止して、各大学が自由にカリキュラムを組めるようにする〟という大改革である。

つまり、卒業までに24単位を履修しなくてはならない、と国が決めていた一般教育科目を、各大学の裁量で減らしてもいいということである。

専門課程の教授は、これを大歓迎した。ターゲットになったのは、かねて評判の良くない外国語と保健体育グループである。幸いなことに、人文・社会グループは、東工大の広

告塔を務めた功績が評価され、現状維持に異論を唱える人はいなかった。

弱小保健体育グループは、孤立無援の中で早々と単位削減、イコール教官定員削減を呑まされた。一方の外国語グループには切り札があった。

「教官定員を減らすと仰るなら、入学試験に支障が出ても知りませんよ！」。入学試験は、大学にとって最も重要なイベントである。ここに混乱が持ち込まれることがあったら大変だ。事務局は真っ青である。

「英語がダメなら、受験科目に含まれないドイツ語・フランス語なら、減らしてもいいのではないか？」。〝ドイツ語が減らされれば、いずれ英語に波及する。何としても、外国語の必修単位数（即ち教官ポスト）を死守せねばならない――〟。

大綱化騒動の真っただ中、病気で倒れたY教授に代わって、一般教育等委員会の委員長に指名されたヒラノ教授は、「英語はＴＯＥＦＬで代替すればいい」と主張する副委員長（原理主義者の数学科Ｉ教授）と、「野蛮人！」と激高する英語教授の間に挟まって大消耗した。

東工大より過激だったのが、お茶の水女子大である。この大学では、「計算機言語を第2外国語と認定すべし（ドイツ語、フランス語などの第2外国語はいらない）」と主張する一般教育委員会委員長（これまた数学科Ｆ教授）と、文系教官の間で大バトルが起こったという。

一般教育グループと専門教育グループの対立は、国立大学のすべてに共通する現象だった。ヒラノ教授は、秋田大学で開催された「全国一般教育協議会」の総会に出席する機会があったが、どの大学の代表者も真っ暗な顔をしていた。彼らは日本海から吹き寄せる寒風の中で、教養部（一般教育）取潰しと定員削減に怯えていたのである。

すったもんだの挙句、多くの大学は教養部を解体し、新設された「国際コミュニケーション学科」、「総合文化学科」、「人間環境学科」などの文理融合（まぜこぜ）学科に、一般教育教官を収容した。かくして彼らは、めでたく専門教育担当教官に昇格した。シェイクスピアの研究者もアインシュタインの研究者も、どこかの学科に所属して、専門教育に携わることになったのである。

当然の結果として、これらの学科は正体不明なものとなったばかりでなく、教養教育は手抜きとなった。教養のない専門バカは困りものだが、教養がなく、専門知識も中途半端な困った学生を生産する大学は、厳しい批判を浴びることになった（文科省は最近になって教養教育の充実を叫んでいるが、こうなることは始めから分かっていたはずだ）。

新設学科の多くは、大学の都合で作られたものだから、卒業生に対する社会的ニーズがあるとは限らない。一部のブランド大学はともかく、それ以外の大学の卒業生は、バブル崩壊後の不況の中で、就職口を見つけるのに苦労したのではなかろうか。

では東工大はどうだったのか。常識的に考えて、「国際コミュニケーション学科」や

「総合文化学科」のような学科を作っても、理工系の専門学科と遜色《そんしょく》ない学生を集めることはできそうもない。したがってこれらの学科は、大学にとってお荷物になる公算が高い。

しかし何もしなければ、外国語ポスト削減は必至だ。焦る外国語教授集団を救うために登場したのが、〝東工大一の英語使い〟と称される木村孟《つとむ》工学部長である。この人は、「外国語研究教育センター」を設立して、外国語教育を抜本的に改善するとともに、国際交流活動に協力することを条件に、超小幅定員削減案を全学に根回しした。

「センター」とは、そこに所属する教員以外の人が長を務める、自治権のない組織である。つまりセンター教官は、学長が指名する理工系出身のセンター長の監督下に置かれるということである。

センター長だけではない。各学部の代表者(すべて理工系教官)がセンター運営委員会に加わって、外国語教育についてあれこれクレームをつけるのである。

〝野蛮人〟の介入を許すのは耐えがたいことだが、新学科設立は〝お荷物リスク〟が大きいので、学内の支持が得られない。かくして外国語教官は、耐えがたきを耐え、工学部長の説得を受け入れた。

センター設立によって、外国語教育がどの程度改善されたのかはよく知らない。しかし、学生のニーズに合わせて、中国語・韓国語などの科目が増設されると共に、サバイバル外国語(その国で暮らせる程度の技能を、短期間で習得させることを目的とする科目)など

が新設され、学生に歓迎されたということだ。

社会的ニーズを無視して、はてなマークがつく学科を作った大学が、その後間もなく苦境に陥った状況を見ると、東工大はうまくやったというべきだろう。

6　研究費獲得競争

東京工業大学人文・社会群教授の教育負担は筑波時代の半分、会議は5分の1だった。もしヒラノ教授の研究室が、〝研究しなくてもいい〟一般教育担当教官集団の中にあったなら、このまま当分の間、研究とは縁のない生活を送っていただろう。

ところが幸か不幸か、ヒラノ教授の研究室はモーレツ・エンジニアの居住区にあった。しかも同じフロアーには、専門を同じくする情報科学科の小島政和助教授が、優秀な学生軍団を従えて独創的な論文を書きまくっていた。8年前に全日本選手権に初出場したこの若者は、いまや全米選手権やマスターズに招待される、超一流選手になっていた。一方のヒラノ教授は、国内リーグでベスト8からも外れてしまった。

若きチャンピオンの活躍を目にして大ショックを受けた男は、全日本選手権でベスト4くらいには入りたいと考えた。時間は有り余るほどあったが、錆びついたエンジンを起動するのは、容易なことではなかった。

第一、研究したくても〝カネがない〟。国から支給される80万円の交付金（校費）は、一般教育だけをやっている分には十分だが、研究しようとすれば絶対に足りない。少し計算機を回せば10万円は飛んで行くし、論文のタイプに5万円、そして国際学会で研究発表するには、20万円の旅費がかかる。全日本ベスト4を目指すからには、年に3編以上の論文を書き、国内で2回、海外で2回くらいは研究発表しなくてはならないから、どうしてももう100万円くらいのお金が必要である。

独身であれば、このくらいの金なら自腹で賄《まかな》うことができる。しかし住宅ローンを抱えた3人の子持ちに、そのような余裕はない。あてにすべきは、文部省が差配している「科学研究費（科研費）」である。

筑波に赴任した次の年、数学科の西村教授のチームに加えてもらったヒラノ助教授は、年度末に15万円という大金を頂戴した。しかし経理の締め切りが迫っているので、用途は消耗品に限るという。大慌てで、文房具を適当に見つくろって持ってくるよう業者に頼んだところ、10年かかっても使い切れないほどのノートやファイルが運び込まれて往生した。

3年目になって、自分で100万円の科研費を申請したが、当然のごとく〝見送り〟になった（見送りとは、お役所用語で落選という意味である）。〝当然のごとく〟と書いたのは、科研費の申請に当たっては、過去5年間の研究実績がカギになるのだが、〝教育・雑務マシーン〟には碌《ろく》な実績がなかったからである。

2回目も3回目も見送りだった。当選確率は25％程度だから、1回で当たらないのは仕方がないとしても、3回連続落選となると、永久に当たらないのではないかという思いが頭をかすめた。まさにそのとおり！　たとえ実績があっても、ヒラノ助教授の申請は通るはずがなかったのである。一言で言えば、ヒラノ助教授は科研費の仕組みに関する基本的知識を欠いていたのだ。

科研費の募集は、毎年秋に分野・分科・細目別に行われる。たとえば「整数論」の研究者であれば、迷うことなく「数学」分野、「代数学」分科、「整数論」細目で申請する（それ以外の選択はあり得ない）。

一方ヒラノ助教授の専門である「数理計画法」の場合は、今なら「複合新領域」分野、「社会安全・システム科学」分科で申請するのが標準であるが、70年代には複合新領域という分野は存在しなかった。そこで数理計画法の研究者は、それとつながりの深い分野、すなわち数学、システム工学、計算機科学、経済学、経営学などの分野で申請することになる。

ヒラノ助教授は最初の2回は数学分野で、3回目は経済学分野で申請した。ところが数学者から見た「数理計画法」は、純粋数学より格下に位置する応用数学のそのまた一番端にある、〝つまらない分野〟である。〝このような研究にお金を出すくらいなら、微分方程式のほうが数学界のためになる――〟。

一方経済学王国から見ると、1950年代には数理計画法と蜜月関係にあったが、60年代に入って疎遠になり、70年代以降は別居した間柄である。〝別れた女に金を出すくらいなら、若い愛人に貢いだほうがいい――〟。

つまりヒラノ助教授の申請は、数学からも経済学からも、門前払い扱いになる運命だったというわけである。数理計画法だけではない。70年代には、ORをはじめとする〝多分野横断型〟の領域を研究している人が科研費を手に入れることは、とても難しかったのである。

ところが4回目に、「経営学」分野で150万円を申請したところ、なぜか100万円あたったのである。文部省から筑波大学に天下ったY教授から、自分が口をきいてやったからだということを匂わす発言があったが、十分なお礼をしなかったのが祟ったせいか、そのあとは落選続きだった。

一方、大学の6年先輩に当たるF教授は、（目覚ましい研究業績があるとは思えないのに）連戦連勝である。どうすれば〝Y教授にゴマをすらずに〟、科研費を取ることができるのか？　そこでヒラノ助教授は、懇親会の際に隣に座ったF教授に探りを入れた。すると酔いが回った勢いで口が軽くなったマルキン（金持ち）教授は、マルビ（貧乏）助教授にマル秘情報を教えてくれた。

「世の中に、科研費ほどおいしいものはない。3日かけてプロポーザルを書けば、100

0万円くらいのお金が手に入る。3日で1000万円だぜ、君ィー！」

「すごいですね。科研費を取る秘訣を教えて頂けませんか」

「フッフッフ。まずは、申請用紙を隅から隅までビッシリ埋めることだね。沢山書いて審査員を圧倒するのさ。それから、字が上手な人に申請書を書いてもらうことかな。きれいな字だと、1ランク上がるということだ」。まだ、ワープロなるものは存在しなかった時代である。

「わかりました。もう1つ伺っていいですか？　この研究からどのような成果が期待されるか、という項目がありますね。あそこはどう書けばいいのでしょう？」。研究は宝探しのようなものだから、頑張っても成果が出ないこともある。書いた通りの成果が出ないと、困ったことになるのではないか？

「君にだけコッソリ教えてあげるが、すでにやってしまった研究を、あたかもこれからやるように書けばいいんだよ。結果が分かっていれば、どうとでも書けるよね」

「そういうことですか！」

なるほどと思ったが、そうするためには、〝すでにやってしまった研究〟がなくてはならない。研究成果がなければ、研究費は出ない。ところが、成果を出すには研究費が必要だ。秘策を教わったが、実績がない男にとっては、絵に描いたモチだった（このアドバイスが役に立ったのは、10年後のことである）。

標準的研究者の申請書類は、各細目ごとに、関連学会から推薦された3人の審査員による第1次審査を受けることになっていた。審査員はある細目の申請書類すべて……後にヒラノ教授が審査員をつとめたときは約２００件……を読んで、最上位の10％に5、次の20％に4、その次の40％に3、次の20％に2、最後の10％に1をつける。書類の束が送られてきてから、3週間程度で審査を終えなくてはならないから、この期間はこの仕事にかかりきりになる。

年度末の忙しい時期に頼まれるのだから〝災難〟である。しかも審査員に指名された年には、その分野での申請を自粛するよう求められる。このような悪条件で審査を引き受ける人には、１００万円くらいの研究費を配分してくれるのかといえば、さにあらず。出るのは僅かばかりの謝金である。

ではなにゆえにヒラノ教授は、このような仕事を引き受けたのか。それは、（第9章で書くとおり）〝エンジニアは仲間から頼まれたことは断ら（れ）ない〟生き物だからである。誰かがやらなければならない仕事を、学会という同業者団体の推薦をもとに依頼されたとなれば、断る理由を見つけるのは難しい。

2年にわたって審査員を務めたヒラノ教授は、F教授が言っていたことは、半分ほど真実であることを知った（F教授は6つ年上だから、すでに審査員の経験があったのだろう）。

工学部平《ヒラ》教授は、毎年秋に締切られる科研費の申請書作りに、多大な労力を投入する。筑波大学のF教授は、「3日で1000万円」と豪語したが、ヒラノ教授の場合は1ヶ月以上前から準備を開始し、ファースト・ドラフトから始まって、少なくとも5回は改訂を重ねる。このために投入する時間は約100時間である。

申請金額が500万でも1000万でも、書類作りの手間は同じだが、困ったことに文部省の係長殿が毎年書式を変更するため、申請マニュアルと格闘するヒラノ教授の口からは、ここには書けないような呪詛《じゅそ》の言葉が飛び出すことになる。お金を貰うのは、まことに大変なことなのです。

ヒラノ教授が2009年度に申請した書類の中身は、「研究目的」、「研究計画・方法」、「研究準備状況」、「これまでに受けた研究費とその成果等」、「研究経費の妥当性・必要性」、「研究業績、すなわち過去5年間のレフェリーつきジャーナルに掲載されたもの」、「必要経費の詳細」で、全体で18ページ、字数で言えば2万字に及ぶ〝膨大な〟ものである。

200件の申請書類となると、400字詰め原稿用紙で1万枚相当の分量があるから、全文をしっかり読んでいたら、3週間で審査を終えることはできない。そこでまずやるのは、(過去5年間の)研究業績リストを見ることである。研究代表者(1名)と研究分担者2名が提出した申請書で、3人分の業績が1ケタ(つまり1人あたり年1編以下)の申請は、駆け出し(30代前半まで)の研究者でなければ、評点3以下のカテゴリーに分類す

る。

次に見るのは研究目的と計画である。中身はともかく、分量が極端に少ないものは、３点以下のカテゴリーに分類する。このようなすかすかの申請に、他の審査員が５や４を付けることはまずあり得ないから、これらは間違いなく〝見送り〟組に入る。

この結果残った、１００件余りの申請の中の最上位20件（評点５）と、これに続く40件（評点４）を選び出せばいいわけだ。ところが同じ細目に属する研究とはいっても、その内容は多岐にわたるから、審査員を務める中堅研究者には、すべてを公正に評価するだけの能力はない。

そこで審査は、いきおいわかり易さ（すなわち文章力）と過去の実績の勝負となる。過去の実績は論文数を見れば分かる。１人当たり毎年３編以上のレフェリー付き論文があれば、４以上の点がつく。Ｆ教授が言うように、すでにやってしまった研究（あるいは本人には見当がついているテーマ）は具体的で説得力がある。

具体性のないもの、または実績が乏しいものは、もしかすると重要な研究なのかもしれないが、５を付けるわけにはいかない。また有力研究機関に勤務する有力な研究者の申請には、少々出来が悪くても悪い点はつけにくい。かくして一流大学に所属する、実績があるＡＡ級研究者の具体的申請には、５がつく可能性が高いという次第である。

文化勲章を受章した免疫学の石坂公成博士によれば、米国の国立衛生研究所（ＮＩＨ）

では、超一流の研究者数人が、泊まり込みで議論を戦わせながら審査を行うということだが、それは第1次審査を終えた後の話ではないだろうか（石坂博士のような超一流の研究者に、評点が3以下のプロポーザルを審査させるようなことはありえない）。

第1次審査のあとは、3人の評点を合計した一覧表をもとに、別途選出された5人程度の審査員による2次審査が行われる。この審査に携わった経験がないので、その詳細はわからないが、（NIHのような本格的な審査は行わず）第1次審査の結果でほとんどが決まると言われている。そうであるとすれば、1次審査で上位10％に入ったものが落とされることはないだろう。問題になるのは、ボーダーライン上の申請の中のどれを残すか、というあたりだ。

逆にいえば、1次審査で下半分に入ったものが合格することはあり得ない。では碌《ろく》な実績がないにもかかわらず、ヒラノ教授の申請が通ったのはなぜか。

当選確率が25％という数字から推測すると、3人の評点合計が13点以上、すなわち5－4－4、5－5－3以上が安全圏で、12点がボーダーライン、そして11点以下は不合格である（10年ほど前から、申請者が希望すれば、全体の中での大凡《おおよそ》の位置づけを教えてもらえるようになったが、それまでは何のフィードバックもなかった）。

筑波時代にヒラノ助教授が提出した申請書を自分が審査すれば、結果は11点程度だったのではなかろうか。同じような申請書でも、筑波大→東工大と助教授→教授のランクアッ

プで、1点おまけされて12点。そしてやけくそバカ力のド迫力と、字が上手な秘書のおかげで更に1点上積みされて、合格圏に潜りこんだのだ。

合格になったものに対して支給される金額は、申請額のほぼ3分の2というのが慣例である。事実ヒラノ教授は、これまで25年間にわたって、7割以上もらったことは一度もないし、6割以下だったこともない。

そうとわかっていれば、はじめから5割増しの経費を申請しておけば、予定通りのお金がもらえるわけだが、申請金額が多すぎると、1次審査でハネられるリスクが高まるから、あまり欲張らないほうがいいだろう。

7　論文書きのノウハウ

リハビリ生活を送っていたヒラノ教授に転機が訪れたのは、東工大に移って3年目の春である。ダメでもともとだと思って、「大規模非凸型最適化問題の効率的解法とそのシステム工学への応用」という長たらしいテーマを掲げ、3年間で1200万円という申請書を「システム工学」分野に提出したところ、800万円分が認められたのである。

国民の血税から、年収以上の研究費をいただいたからには、申請書に書いた以上の成果を出さなければ罰が当たる――。

研究の鬼・小島助教授を必死に追いかけたヒラノ教授は、幸運なことにその1年後に、大鉱脈の尻尾を発見した。はじめのうちは、この鉱脈に何が埋まっているのか、よくわからなかった。しかし試しに掘ってみると、出るわ、出るわ。そして3年の研究期間が終わるころには、6編の論文と、その後10年にわたって取り組むべき研究計画が出来上がっていた。

次の3年分の申請は、絶対に合格するはずのものだった。6編の研究論文という実績が加わった上に、F教授の教えに従って、ある程度予想がついている（がまだやっていない）研究を、これからやる研究計画の中に埋め込んでおいたからである。ひとたび大きな鉱脈が見つかると、1つの宝石を掘り出している間に、次の宝石が見えてくるものなのである。

1982年から1994年までの12年で、ヒラノ教授は約5000万の科研費を頂戴した。この期間に書いた（レフェリーつき）論文は約60編だから、1編あたり80万円強の税金がかかった計算になる。そんなに多くの税金を使ったのか、という人がいるかもしれないが、論文1編80万円は、（われわれの分野では）平均の半分程度である。

ORや数理工学の研究者に必要なお金は、パソコンやソフトの購入費、海外出張旅費、人件費（秘書や学生アルバイト）などだが、情報機器の価格は、駆け出しだった頃に比べると10分の1に下がった。航空運賃も、東京―ニューヨーク往復で15万程度だから、3回出張しても100万円には届かない。だから1人分であれば、研究費は1年に300万もあれば十分である。

では頂戴した300万円のうち、50万円を使い残したらどうなるか。翌年に回すことができればいいのだが、国の単年度会計制度に連動している科研費は、1年ごとに使い切らなくてはならない。

しかし貴重なお金は有効に使いたい。こんな時に考えることは、誰でも同じである。残ったお金を（消耗品を買ったことにして）業者に預けておいて、翌年に使うというやり方である。違法ではあるが、80年代まではこのような操作が、〝必要悪〟として黙認されていた。

大半の予算は計画通りに使用されているので、残っているといっても精々10万か20万である。ところが実験系の人になると、1ケタ大きなお金が残る場合もある。これだけ大きな額になると、不正使用の温床となる。実際90年代に入ると、内部告発によって大掛かりな不正行為が明るみに出た。ひとたび新聞に出たらおしまいである。かくして、零細研究者のささやかな不正も厳禁となった。

この結果、年度末になると、当面は不要だが、次年度に必要になる可能性がある備品や消耗品の購入で、大学生協のカウンターは大混雑する。

民主党政権はこれから先、国の研究資金を単年度会計制度から外して、複数年使用を認めるようにすると言っているが、これはすべての研究者が長い間待ち望んでいたことである。

国からの研究資金に比べると、民間からのものはずっと使い勝手がいい。国のお金では出せない経費、たとえば研究会のあとの懇親会費などに使えるから助かる。驚く人がいるかもしれないが、大学という組織では、学部長といえども交際費はビタ一文つかない。

つかないどころではない。20年ほど前のことだが、学部長に選任されたM教授は、〝慣例として〟事務職員の超勤の際の夜食代に、1年あたり１００万円也を供出するよう求められたということだ。これは学部長手当の半分に相当する金額である。

民間資金の中で最も有難いのは、委任経理金（奨学寄付金とも言う）である。これは企業が付き合いの深い教官に提供する50万から１００万の寄付金で、使い道に制約が少ないうえに、次年度に持ち越すこともできる。しかし、景気が悪くなった時に最初に切られるのは、この種のお金である。

一方、受託研究費や共同研究費という名目で、この何倍かのお金を頂くケースもある。前者は、企業から委託を受けて研究を行う際の経費、後者は企業と共同で研究を行うための経費である。

東工大の場合について言えば、２００６年度には科研費が約50億、奨学寄付金が10億であるのに対して、受託研究費は47億、共同研究費が15億円程度である。独立法人化される前の２００2年度と比較すると、科研費と奨学寄付金がほぼ同額であるのに対して、受託研究費は5倍、共同研究費は2倍に急増している。独法化された国立大学が、いかに民間資金の導入に腐心しているかを示す数字である。

この種のお金を貰う際には、研究成果の帰属や発表の自由に関する様々な取り決めが必要になる。そこで有力大学は「産官学連携本部」を設立して、法律や会計に明るい人材を

特任教授として迎えるようになった。

さて研究費獲得でF教授の教えを取り入れたヒラノ教授は、研究を行う上では、アンドリュー・ウィンストン教授（パデュー大学）から盗み取った戦略を採用した。その１つが、学生との徹底した研究分業、すなわち１人で研究するのが当たり前の数学科教授が批判するところの、〝搾取〟である。

いいアイディアが浮かんだら、それを頭の中のレジスターにしっかり格納する。１週間ほど寝かしたあと、論文になりそうだという感触が得られたら、手が空いている大学院生を呼び出して協力を求める。

ヒラノ教授の専門分野で論文を書く際には、以下の６つのステップを踏む必要がある。

(1) 問題を発掘する
(2) 問題の定式化を行い解法を考案する
(3) 解法をプログラム化し、具体的なデータを用いて問題を解く
(4) 得られた結果を検証する
(5) 結果を論文にまとめる
(6) 論文を専門誌に投稿して、レフェリー・編集委員と交渉する

これらのステップは、それぞれ異なるスキルが必要とされる。最もオリジナリティーが必要なのは(1)である。(2)は数学力、(3)はプログラミング技術、(4)は分析力、(5)はプレゼンテーション／文章化能力、(6)は（英語による）交渉力が必要になる。

数学のような純理論系研究の場合は、(3)と(4)は不要である。一方実験科学であれば、(1)の前に（巨額な）研究費獲得作業が加わる。また(3)は、プログラム化ではなく実験である。問題発掘のためには、内外の学会に出席して専門家と情報交換することが大事である。研究成果が出てから、論文が専門誌に掲載されるまでには、1〜2年の時間遅れがあるので、公刊された時にはもう古くなっているからだ。工学部平《ヒラ》教授が年2〜3回海外出張するのは、自分の存在をアピールするため、超一流の研究者のアドバイスを受けるため、そして一流研究者のアイディアを盗むためである。

もう1つ付け加えれば、一流専門誌の編集委員に加えてもらうと、自分の研究に関係が深い論文をいち早く読む機会が巡ってくる。90年代初め以来、ヒラノ教授が1ダースほどの専門誌の編集委員を引き受けてきたのは、このためである。

また編集委員を務めると知名度が上がり、研究費をもらいやすくなるという効果もある。

(2)の定式化と解法を考案する際にものを言うのは、経験である。うまく定式化し、それを解く方法を組み立てるために、それまでに蓄積したあらゆる知識を総動員する。またうまく解けそうもない問題は、サッサと諦めたほうがいい。自分の能力を上回る難問につか

まると破滅する危険があるからだ。

実際ヒラノ教授の知合いの中にも、超難問にとりつかれて〝あちら側〟に行ってしまった人が何人もいる。

(2)に比べると、(3)のプログラミング作業には時間がかかる。そこでヒラノ教授はウィンストン教授をまねて、この仕事をプログラミングが上手な学生に頼むことにした。自分でやると1ヶ月かかるプログラムを、彼らは3日で仕上げてくれる。

(4)と(5)、すなわち結果の検証と、論文をまとめる仕事は、学生との共同作業である。

平均的には、(1)と(2)で2週間、(3)に1~3ヶ月、(4)に2週間、(5)に2週間。ここまでで4~5ヶ月はかかる。

最後の(6)は最も神経を使う部分である。最も重要な判断は、投稿先をどのジャーナルにするか、である。自信がある論文は、なるべくグレードが高いジャーナルに掲載してもらいたいものである。この時に参考になるのは、各種ジャーナルの格付けに当たる、インパクト・ファクターである。

多くの読者が目を通すジャーナルに掲載される論文は、引用される回数が多いので、そのインパクト・ファクターは大きい。一般の人も良く耳にする「ネイチャー」のインパクト・ファクターは27である。

一方、ヒラノ教授の専門である数理計画法や金融工学の分野には、1万人程度の研究者

しかいないので、最もグレードの高いジャーナルでもインパクト・ファクターは3・0程度である。レベルの高いジャーナルは、審査が厳しいから合格率は低くなる。そこで研究者は、合格しそうなジャーナルの中で、最もグレードの高いところを選び出すため、知恵を絞ることになる。

論文の審査には短くて4ヶ月、長ければ1年以上かかる。その上、レフェリーから計算のやり直しを要求される場合もある。計算を請け負ってくれた学生が卒業してしまった場合は、一大事である。

このようなことを想定して、あらかじめ学年が1つ下の学生に協力を求めておくのだが、できることなら手間がかかる再計算はやらずに済ませたい。こんな時には、編集長に以下のようなメールを打つ。

「レフェリーの要求項目2を満たすには、膨大なデータを集めて再計算を行わなければならないが、それには大変なコストと時間がかかる。要求1と3には完璧に対応するので、今回はそれで通してもらえないか。この論文には、共著者（学生）の博士号がかかっているので、どうかよろしく」

「レフェリーの意見を聞かなくてはならないが、事情はわかったので、その線でまとめるよう努力しよう」

インターネットがなかった時代には、このやり取りに2週間以上かかったが、今なら1

日で済む。

投稿してから合格通知が来るまでに、ざっと1年。そしてこれが掲載されるまでには、さらに1年近い時間がかかる。無修正でそのまま合格になる論文は10編に1つ、1回の改訂でOKが出るのが7つ、そして2回以上が2つというのがこれまでのヒラノ教授の戦績である。

一方、2回修正してもダメなときは、3回やってもダメになる公算が高い。そこで適当なところで諦め、よりグレードが低いジャーナルに投稿し直す。100万円と300時間の投資は、何としてでも回収しなくてはならないのである。

ウィンストン教授から学んだもう1つのノウハウは、鉱脈が空になる前に新しい鉱脈の発見に努めることである。新鉱脈を掘り当てると、はじめのうちは次々と大きな宝石が見つかる。またそれらは地上に近いところに存在しているので、掘り出す労力も少なくて済む。

ところが時間が経つと、より深いところまで掘り進まなくてはならないし、臭いをかぎつけた若いハイエナと闘わなくてはならない。

このようなことを考えれば、早目に次の鉱脈で発掘作業を行った方が賢明だ。新鉱脈を見つけて、ハイエナが近寄って来ないうちに、おいしい部分をあらかた食べてしまう――。これが研究者の醍醐味だが、そのような機会に巡り会うのは、一生に1回か2回である。

そしてこのチャンスをものにした人が、国際ＡＡ級研究者のポジションを手に入れるのである。

新しい鉱脈を見つけた時、旧鉱脈との付き合いをどうするかは難しい問題である。夭折《ようせつ》した「東工大モーレツ天才助教授」白川浩氏のように、旧鉱脈を見捨てて新鉱脈の発掘に全力を投入する人もいるが、ヒラノ教授の経験ではこれは損なやり方である。従来からの仲間と軋轢《あつれき》が生じるからだ。

「金融工学」という鉱脈を見つけたとき、ヒラノ教授はそれまで採掘作業を行ってきた「数理計画法」から撤退せずに、発掘作業を継続した。そしてこれが、思いがけない相乗効果を生んだのである。

「研究活動」なるものを研究している「研究研究家」（Researcher on research）によれば、2つの研究テーマを持っているときに、研究者の生産性が最も高まるということだが、ヒラノ教授の場合にもその法則が当てはまった。

新鉱脈から旧鉱脈の発掘に役立つツールが生まれたこと、新鉱脈の発掘作業に疲れて旧鉱脈に戻ったところで、新たな宝石が見つかったことなど、2つのテーマの間を行ったり来たりすることによって、良好な結果が得られたのである。

また1つのテーマに集中していると、デッドロックに乗り上げて〝煮詰まってしまう〟ことがあるが、2つ目の猟場があれば、そこで食いつなぐことができる。

では2つでなく3つのテーマに関われば、もっと生産性が上がるのかといえば、そうではないようである。実際、第3のテーマ「ソフトウェア特許問題」が加わった数年間は、ヒラノ教授の生産性は落ちてしまったのである。

8　専門教育担当・一級教授

　エンジニアの総本山である東工大で、ヒラノ教授が正統派エンジニアの眼を盗んで「金融工学」（おカネに関する工学的研究）に手を染めることができたのは、人文・社会群が何をやっても構わない組織だったからである。

　人文・社会群は、エンジニアには窺い知ることのできない、文系エイリアンのお城である。だからその住民が、少々いかがわしいことに手を出しても、大目に見てくれたというわけである（もちろん、そうでもない人もいたが）。

「金融工学」の研究が軌道に乗った勢いで、10年以上掘り続けたにも拘らず何も出てこなかった「大域的最適化法」という油井からも、石油が噴き出してきた。2つのヤマを掘り当てたヒラノ教授は、助手や学生の協力を得て論文を書きまくった。

　十分な研究費と優れた研究仲間、そして自由な研究環境。研究スペースが少ないことや、年に1名程度の大学院生しか採用できないことに、若干の不満を感じていたが、このまま

一般教育担当教官として停年を迎えることになっても、それはそれで仕方がないことだと考えていた。

人文・社会群に移籍したときヒラノ教授は、子供の頃友人の家で見た「ビックリ箱」を思い出した。赤・青・黄の縞模様の蓋を開けると、道化師、ライオン、ポパイなどが飛び出してくるオモチャである。

最初の2年間、文系大教授のレトリック合戦に翻弄され続けたヒラノ教授は、3年目に学科主任を引き受けたのがきっかけで、ビックリ箱の仕掛けがわかってきた。わかってみれば、その取り扱いは筑波の計算機オタク以上に難しいものではなかった。

10×10行列の縦と横を入れ替えるプログラムが書けるだけで、〝プログラミングの天才〟と吹聴してくれた文学担当助教授から見れば、この学科を20年以上悩ませてきた「クラス編成問題」を、線形計画法なる数学手法を使って解決した統計学教授は、「魔法使い」だった。

これは、1200人の1年生を12ないし15のクラスに所属させるにあたって、各クラスの定員制約を守りつつ、学生をなるべく志望順位の高いクラスに所属させる問題で、数学を知らない文系教官がこの当番にあたると、3日3晩の格闘の末悶絶するといわれていた。

80年代半ば以降、大物教授が次々とリタイアしてから、ヒラノ教授は人文・社会群の〝大御所〟と呼ばれるようになった。不都合なことがあるとすれば、ここにいる限り、自

ら研究する気になれない統計学の講義を続けざるを得ないこと、社会工学科・情報科学科・経営システム工学科などから優秀な学生を供給してもらうため、専門教育担当教官にへり下らなくてはならないことである。

「鉄の軍団」と呼ばれる「経営システム工学科」への移籍話が持ち上がったのは、1994年の1月である。雑務が3倍になることがわかっていたにもかかわらず、この誘いに乗ったのは、心の底ではいつの日にか〝パンキョウ〟グループから抜け出し、専門教育担当・一級市民の仲間入りを果たしたいと思っていたからである。

解くべき問題はまだまだあるが、人手が足りない。経営システム工学科に移れば、毎年3人の数理に強い大学院生の協力が得られる。これから先、停年までの7年間、彼らの協力の下で毎年6編の論文を書けば、停年でやめるまでに100編の大台に乗せ、国際AA級研究者の仲間入りができるかもしれないのである。

研究者の業績は論文の数ではなく、質で測るべきことはもちろんである。著者と2人のレフェリー、そしてあとは数人しか読まない論文を100編書いた人より、300人の研究者に読まれた論文を10編書いた人のほうが、いい業績を上げたに決まっている。

今ではインターネットを検索すると、世界中の研究者のすべての論文の引用回数がわかるようになったので、論文の数で競争する時代は終わった。しかし2004年にグーグル社が「Google Scholar」というサイトを立ち上げるまでは、なるべくグレードの高いジャ

ーナルに、なるべく多くの論文を掲載してもらうことが、研究者にとって最も大事なことだった。

もう1つ付け加えれば、〝質は量についてくる〟の言い伝えに従って、工学部では論文の数が、研究者の業績を測る代理指標として使われてきたのである。

移籍先の経営システム工学科は、企業をはじめとする組織の経営（マネージメント）に関する〝工学的〟研究・教育を行う学科である。一般の人は「経営学」なら知っていても、「経営工学」はご存じないだろう。

一般の人だけではない。東京大学応用化学科の学生も、このような学問分野があることを知らない可能性がある。経営（システム）工学科は、私立大学にはあちこちにあるが、国立大学でこの学科があるのは東工大だけだからである。

では経営（システム）工学とはそも何ものか？　一言でいえば、〝経営の四大資源〟である「ヒト・モノ・カネ・情報」をうまく組み合わせて、効率的に組織の目的を達成するための技術を扱う学問である。

とはいうものの、経営（システム）工学科が扱っているのは「モノと情報」が中心であって、「ヒトとカネ」は添え物に過ぎない。そのことは、（1994年当時の）この学科の教官の専門分野を見ると良く分かる。5人の教授の専門は、生産管理、経営情報システム、プロセス管理、オペレーションズ・リサーチ、技術政策。5人の助教授の専門は経営財務、

人間工学、システム理論、プロセス管理、経営情報システムとなっている。

これに対して、主として「ヒトとカネ」の研究・教育を担当しているのが、日本では経営学部と商学部、アメリカではビジネススクールである。アメリカの某一流ビジネススクールのカリキュラムには、経営戦略論、経営組織論、経営経済学、ファイナンス、マーケティング、国際ビジネス論、人的資源論、会計学、経営管理論、技術戦略論、生産管理論などがリストアップされている。

この時代、経営工学の新分野として光が当たり始めていたのが、「カネ」に対する工学的研究、すなわち「金融工学」である。ヒラノ教授がこの学科に迎えられたのは、80年代半ば以来この研究を手掛けてきたためである。

経営システム工学科には、1学年40人の学部生（専門学科に所属する2～4年の学生で120人）、約30人の修士課程の学生（2年分で60人）、5人程度の博士課程の学生（3年分で15人）の合計約190人の正規学生がいる。これに数人の研究生を加えた、ざっと200人の学生の面倒を見るのが、教授・助教授・助手各5人と3人の事務官である。

このうち学部2～3年生は、学科主任が教務部のサポートの下で面倒を見ることになっていた。したがって、5人の教授が輪番で務める学科主任の仕事量は、文系論客のレトリック合戦の行事役が最大の仕事である人文・社会群主任のざっと3倍である。

1人の教授・助教授が直接面倒を見るのは、40人÷10（5＋5）＝4人の4年生と修士

課程の学生5～6人、そして博士課程の学生1～2名の合計1ダースほどである。教育負担を均等化するために、4年生は教官1人当たり4人と決まっているが、修士の学生は希望者次第でバラツキが出る。

一方、博士課程の学生は教授の方針次第で、10人近い学生を抱える研究室もあれば、1人もいないところもある。

東工大は東大より学部学生に対する面倒見のいい大学である。その証拠に、専門学科に所属するのは、東大では3年次からであるのに対して、東工大では2年次からだし、東大では学部生は図書館で勉強するのに対して、東工大では4年生になると研究室の中に自分の机を与えられ、助手や大学院生にミッチリ〝可愛がってもらう〟ことになる。

そうは言っても、研究指向の理工系大学では、学部だけで卒業する学生の位置づけは低い。90年代の初めに実施された、約300人の教官に対する意識調査によれば、教官の価値基準の中で学部教育が占めるウェイトは10％程度である。

この大学では、学部学生の半数以上が大学院修士課程に進学するが、成績がいいのに大学院に入らない学生は〝一夜の旅人〟〝裏切り者〟、成績が悪くて大学院に入れない学生は扱いである。そのようなことはないと抗弁しても、学部教育のウェイトが10％程度なのだから、説得力がない（少なくとも、学部だけで卒業した学生のほとんどは、そう思っている）。

学部学生が一夜の旅人だとすれば、大学院生は馴染みの上客である。特に実験系の教官にとって、大学院生ほど有難い存在はない。かつて工学部には技官というポストがあって、これらの人に実験を頼むことができたが、いつの頃からかこのポストは助手に振替えられた。

技官と違って助手は教官（研究者）だから、その人の研究に直結しない仕事を無理にやらせることはできない。一方、修士・博士論文を書かなくてはならない学生は、タダで何でもやってくれる有難い人である。

実験系の研究には肉体労働がつきものである。渡部昇一氏は、学生をこき使って業績を稼ぐ工学部教授を〝相撲部屋の親方〟と呼んだが、〝親方たち〟は「お金を取ってきて、研究計画を立てる部分が最も重要で、実験そのものは少々ボンクラな学生でもやれる」と反論するに違いない。全面的には賛成しかねるが、少なくとも彼らはそう信じている。

修士課程の学生は、学部学生の中の成績上位者半数と、有力私立大学のトップクラスの学生だから、極めて優秀である。したがって彼らには、微に入り細を穿《うが》った説明をしなくても、大体のことを話しておけば、あとは自分で工夫して研究を行い、予定より早く答えを出してくれる。94年から２００１年までの7年間に、ヒラノ教授は約50編の論文を書いたが、そのうち30編は修士課程の学生との共同作業をもとにしたものである。

念のために書いておくが、これらの論文は協力してくれた学生との共著論文として発表

された。

研究者を目指す者にとって、レフェリーつき論文1編は貴重な財産となる。工学分野で博士号を取るためには、レフェリーつきジャーナルに掲載された論文が2編以上あることが条件になるので、修士時代に1編完成させておけば、目標達成はぐっと現実味を増すからである。

一方、修士課程を出て企業に就職する学生にとって、論文を書いても実質的（経済的）なメリットはない。しかし教授と並んで（一流）ジャーナルに自分の名前が出ることは、親の教育投資が無為に費消されなかったことの証明になるし、後日博士号を取得する気になったときに役に立つだろう。

東工大の場合、修士課程を出た学生は、ほぼすべて希望にあった就職先を見つけることができた。問題は博士課程を希望する学生である。博士学生は就職口が限られているので、あまり沢山育てると、定職につけない博士浪人（オーバードクター）になってしまうからである。

かつてアメリカのテレビ番組で、博士号をもつタクシー・ドライバーに関するドキュメンタリーを見たことがあるが、日本の大学（少なくとも工学部）はつい最近まで、このようなことにならないよう人数を制限していた。

博士号を取っても、就職先がなければ研究はできない。哲学の研究なら、必要経費は書

籍プラス文房具だけで済むが、理工系の研究者、特に実験系の研究者は、研究費がなければ手も足も出ない。研究費を手に入れることができる場所は、大学と国の研究機関、そして少数の企業の研究所だけである。しかもこれらのポストは限られている。

90年代に入るまでの日本では、大学院教育は学部の添え物という位置づけだったから、学生定員が埋まらなくても、文部省はクレームをつけなかった。特に文系大学では、博士課程に進む人は極めて少なかった。某有力文系大学の経済学部には、20人の教授に対して博士課程の学生が2～3人しかいないと噂されたのは、ついこの間のことである。

ところが文部省は、〝これからの日本は研究者養成に力を入れるべきだ〟という識者の言葉に惑わされて、1991年に「大学院重点化」構想をぶち上げ、添え物だった大学院を中心に据え、学部をそれに従属する組織と位置付けた。そして大学院の学生定員を大増員した上で、定員通りの学生を採用することを要求したのである。2万人の博士浪人が発生したのは、この政策のおかげである（第12章参照）。

大綱化による教養教育の空洞化。大学院重点化による学部教育の軽視と、オーバードクターの大発生。どちらも、少しシミュレーションすれば、どういうことになるかわかるはずなのに、このような政策を推し進めた文部省と、それを受け入れた大学は、将来ある若者に対してひどいことをしたものである（2009年6月に文科省は自らの責任を棚上げして、就職先が少ない博士課程の学生定員を削減するよう、各大学に通達を出している）。

研究は宝探しレースだから、運・不運がつきものだし、調子のいい時は次々とアイディアが出るが、それが長続きするとは限らない。研究テーマ自体が古くなることもあるし、若く優秀な人に獲物を奪われることもある。人間である以上、失恋したり病気になることもある。

研究者になるためには才能は不可欠だが、才能があっても運がなければ成功するとは限らない。したがって、このような仕事に就くためには、本人に十分な覚悟がなくてはならないのである。

こう考えるヒラノ教授は、学生に対して自分の側から博士課程への進学を勧めたことはない。学部時代すべての試験の平均点が98点という、学科始まって以来の秀才の場合も、本人が言い出すまでじっと待ったくらいである。このようなわけで、ヒラノ教授が育てた博士は10人に過ぎないが、そこまで注意しても、うまく育ったといえるのは半数程度である。

次に専門教育担当・一級教授の仕事について書くことにしよう。

90年代半ばに大学院重点化が実施されるまでの東工大平《ヒラ》教授の負担は、研究が30から40、教育が20、雑務が30、社会的活動が10か20というあたりが標準だった。

学科主任を務める年には、雑務が2倍から3倍に増える。2年と3年の学生80人の〝担任〟教官を務めるのだから、たとえ問題を起こす学生がいなくても、その気配りは並大抵

のものではない（大麻を栽培したり、一気飲みで死ぬ学生が出ようものなら、目も当てられない）。予算の執行、学科会議の運営、主任会議、教授会、各種委員会（学内で３００あると言われる委員会の中のいくつかは、主任が引受ける決まりになっている）、等々。

雑務があるからと言って、（特に大学院生の）教育に手抜きはできない。また国立大学には１つしかない経営システム工学科の教授となれば、関係学会の会長・理事職を引受けなくてはならないし、企業や役所との関わりもある。

これだけの仕事をこなすには、最低でも年３５００時間は働かなくてはならない。月―金は朝９時―夜９時、土曜は９時―３時、そして日曜も隔週９時―３時。これを50週間続けると、３５００時間になる。

主任は教授の輪番だから、ヒラノ教授に当番が回ってくるのは97年以降だが、いずれにせよ２００１年に停年になるまでのどこかで、１回は引受けなくてはならない（なお〝停年になる〟ではなく〝停年する〟という人がいるが、強制的にやめさせられるのだから、この言い方は絶対におかしい）。

主任を務める年には、５００時間以上の雑務が降ってくる。３５００プラス５００で４０００時間。しかし年寄りが４０００時間も働くと、ろくなことにならない。事実この大学では、年に１～２人の壮年教授が突然死している。そうならないためには、研究を手抜きするしかない。しかしひとたび手抜きすると、元のペースを取り戻すまでに、サボった

時間以上の時間がかかる。

1つの学科には5人の教授しかいないから、工学部平《ヒラ》教授は5年ごとに不作に見舞われる。一方アメリカでは適材適所で、事務能力に秀でた人が継続的に主任を引き受けている。研究能力、事務能力ともに優れたスーパー教授がいないことはないが、日米どちらのシステムが効率的かは言うまでもないだろう。

9　工学部の教え7ヶ条

ヒラノ教授は人生70年の約3分の2を、工学部という組織の中で過ごしてきた。エンジニアとしての素質が乏しい男が、半世紀近くにわたって大過なく勤め上げることができたのは、先輩諸氏から学び取った「工学部の教え7ヶ条」に従って、自らを律してきたおかげである。

［工学部の教え］
第1条　決められた時間に遅れないこと（納期を守ること）
第2条　一流の専門家になって、仲間たちの信頼を勝ち取るべく努力すること
第3条　専門以外のことには、軽々に口出ししないこと
第4条　仲間から頼まれたことは、（特別な理由がない限り）断らないこと
第5条　他人の話は最後まで聞くこと

第6条　学生や仲間をけなさないこと
第7条　拙速を旨とすべきこと

初めてこの文言を見る人は、〝つまらないことばかりじゃないか〟と思うだろう。かく言うヒラノ教授も、若いころはそう思っていた。しかしこの7ヶ条こそが、解析学における「ハイネ・ボレルの定理」のごとく、エンジニア集団を被覆《ひふく》する大原則なのである。

1961年4月、東京大学の2年間の教養課程を了えて工学部に進学した400人の若者は、武藤清工学部長の訓辞を受けるため、大講堂に集まっていた。キヨチャンの愛称で学生に親しまれている武藤教授は、耐震工学の世界的権威で、地震が多いわが国でも超高層ビルの建設が可能であることを実証した功績で、後に文化勲章を受章する大エンジニアである。日本初の超高層ビル「霞が関ビル」を設計したのは、この人である。

壇上に進み出たキヨチャンは、「諸君。(理学部ではなく) 工学部に良く来てくれた。今日から諸君は僕らの仲間だ。これから訓辞を述べるから、良く聞くように。エンジニアは時間に遅れないこと、以上」と言ったきり、椅子に腰を下してしまった。

呆気に取られた学生たちの前で、司会役の助教授は少しも慌てず、「以上で工学部長訓辞を終わります。諸君は、これから各学科に分かれてガイダンスを聞いて下さい」と宣言して、会はお開きとなった。その間わずか2分。応用物理学科主任を務める〝シーラカン

ス教授〟にお眼にかかったのは、この直後である。

〝カルチャーのないところに来ちまったなあ〟と思ったヒラノ青年は、人間より計算機の方が好きなエンジニアに囲まれ、オークワードな2年間を過ごした。そのヒラノ青年を待っていたのが、森口繁一学科主任と茅誠司学長の卒業訓辞である。

「卒業おめでとう。諸君にはなむけの言葉を贈ろう。納期を守ること。これさえ守っていれば、エンジニアは何とかなるものだ」。尊敬する森口教授のこの訓辞は、茅学長の「天下国家を論じるより先に、周囲の人に〝小さな親切〟を施しましょう」という訓辞よりシヨッキングなものだった。〝工学部30年ぶりの秀才と称される大教授までもが、このような格調の低いことを言うのか!?〟

茅学長の訓辞は、ジャーナリズムで取り上げられ、「小さな親切」ブームを巻起した。一方の〝時間に遅れるな〟、〝納期を守れ〟訓辞が、新聞に取り上げられることはなかった。しかし「小さな親切」運動が下火になった後も、この教えは工学部の伝統として、現在に到るまで受け継がれている。

少数の理論系研究者は別として、仲間と協力して仕事を行う機会が多いエンジニアは、時間に遅れると仲間を待たせることになる。10人のチーム作業の場合、1人が5分遅れると、9×5＝45分の損失が発生する。これを何回か繰返すと、仲間の信用を失う。また請負った仕事が納期に間に合わないと、ただの1度で契約を打ち切られることもある。ひと

たび失った信用を取り戻すには、膨大な時間を費やさなくてはならない。

ではどう頑張っても納期に間に合わないときには、どうすればいいのか。森口教授に尋ねれば、

「とりあえず出来た分を提出して、率直に詫びることだ」と言うだろう。

また面倒見がいいことで知られる高田勝・助教授に助けを求めれば、次のようにアドバイスしてくれるかもしれない。

「１００％完璧を期すと１００時間かかるが、98％なら50時間で済むような場合には、まず98％を目指し、余った時間で残り２％に取り組むことだ」と。

実際この人は、卒論の提出期限に間に合わない学生に対して、

「締め切りまでに、表紙だけは出しておきなさい。残りはできるだけ早く仕上げるように」とアドバイスしていた。

キヨチャンの訓辞を思い出したのは、卒業して20年以上経ってからである。エンジニアの総本山と呼ばれる東工大に移籍したヒラノ教授は、この大学の会議は時間通りに始まって、予定された時間（通常は2時間）以内に終わることを知った（数学者という、妥協を知らない人が住んでいる理学部の会議はこの限りではない）。それでうまくいけば、めでたし、めでたし。うまくいかなければ、問題が起きた時に再度協議して、必要とあれば変更すればいい。これが工学部のカルチャーである。

工学部教授は皆それぞれ、膨大な仕事を抱えている。会議が延びると、次の仕事に支障が出る。10分延びれば、10分×出席者の損害が生じる。これは耐え難いことだから、必ず時間までに終わらせる。そのためには、開始時刻を守らなくてはならない――。この大学では、ほとんどの人は開始3分前までに顔を揃えている。だから定刻1分前に出席すると、まるで遅刻したような気分にさせられる。

一方、一橋大学経済学部の教授会について言えば、定足数が満たされるのは定刻を10分以上過ぎてからだという。どうせ時間どおりには始まらないと考え、わざと遅れて来る人が多いのである。〝定刻に出席している人の時間的損害を無視すれば〟、これが経済学的に見て最適な行動になるわけだ。

雑誌や本の原稿も、一流エンジニアに頼んだものが、分量制限をオーバーしたり、締切を大幅に遅れたりすることはまずない。したがって、あらかじめ1週間ほどサバを読んでおけば、編集責任者が困惑させられる事態は起こらない（半数近くの人は、締切より前に原稿を届けてくれる！）。故意に締切を守らない文系大物教授や、締切を気にしない数学者に比べると、納期を守るエンジニアは誠にうれしい人たちである（もちろん少数の例外はありますがネ）。

なぜエンジニアは、これほど時間や締切にこだわるのか？　ここで思い出したのが、キヨチャンと学科主任の訓辞だったというわけである。〝時間に遅れるな〟訓辞は東大だけ

でなく、東工大にも中大にも根付いていた。恐らく全国津々浦々の工学部で、この教えが生き続けているのではあるまいか。

というわけで、ヒラノ教授はいつも学生諸君に向かってこの訓辞を紹介しているのだが、彼らは20年後に、この言葉を思い出してくれるだろうか。

第2条の〝一流の専門家になって、仲間たちの信頼を勝ち取るべく努力すること〟は、優秀な専門家を生み出す原動力となるものである。しかしこれは同時に、人々のニーズを無視した技術（者）至上主義や、専門以外のことは何も知らない「技術オタク」大量発生の温床でもある。

しかし仲間たちの評価が全てだというのは、エンジニア集団に限ったことではない。たとえば、先ごろ亡くなった経済学の世界的権威であるポール・サミュエルソンMIT（マサチューセッツ工科大学）教授は、全米経済学会の会長演説で、「経済学者とは、ただ1つの貨幣を追い求める生き物である。そしてその貨幣とは、専門家の賞讃である」と言っている。

経済学者の優れた業績と高慢さの源は、この考え方である（なお世間でエコノミストと称される人の中には、専門家の評価より大衆受けを狙う人が多いが、これらの人は経済学者ではないということだろう）。

第3条の〝専門以外のことには、軽々に口出ししないこと〟は、第2条の裏返しで、ど

の分野でも専門家たる者は、自らの専門のために身を賭しているはずだから、素人が口出しすることを慎むべきだという意味である。

もし世界がエンジニア（のような人）だけで成立っているのであれば、この教えに従っていれば問題は起こらない。機械工学であろうが電気工学であろうが、一流のエンジニアは、自らの専門のために最善を尽くしているからである。

ところが専門家とはいっても、あてにできない人が沢山いる。ヒラノ教授が見るところでは、あてにならない専門家の代表は、政治家、（二流）官僚、そして金融機関の経営者である。これらの人は、職務のためではなく、自己資本の最大化のために働いている場合が多いから、誰かが見張っていないとどんでもないことになる（実際そうなってしまった）。

エンジニアが他の専門分野に口出ししないのは、〝専門のことなら誰にも負けないが、専門以外のことは良くわからない〟ことを自覚しているからである。ところが彼らは、〝何も知らない癖に、何でも知っているように振舞う輩〟や、〝自分の専門に忠実でない専門家〟が沢山存在することを知らない。

〝馬を水辺に連れて行くことは簡単だが、水を飲ませることはできない〟のたとえの通り、8割の〝純正〟エンジニアは、もともと技術以外に関心がない人種である。だからこれらの人に向かって、「専門以外の分野にも眼を向けよ」と言っても、効果を期待することは

できない。したがって、純正エンジニア諸氏にはエンジニア道を究めてもらい、この集団に紛れ込んだ2割ほどの〝疑似〟エンジニアを、水呑み場に行くように仕向けるのが現実的だろう。

第4条の〝仲間から頼まれたことは、(特別な理由がない限り)断らないこと〟は、ヒラノ教授を40年にわたって縛り付けてきた教訓である。

エンジニアが他人にものを頼む際には、誰に頼むべきかを真剣に考える。おかしな人や十分な能力がない人に頼むと、困ったことになるからである。

仲間から協力を求められたということは、その人が自分を評価し信頼してくれていることの証である。エンジニアは、互いに持ちつ持たれつだから、特別な理由がない限り、頼まれたことは断らないほうがいいのである。

では〝特別な理由〟とはどのような理由か。第1は、健康・体力が十分でない場合、第2は仕事の内容が自分の能力を遥かに超えている場合である。いずれの場合も、納期を守ることができず、相手の信頼を裏切る可能性が高い。

60歳になるまでのヒラノ教授は、健康面に問題はなかったし、能力を遥かに上廻る仕事を頼まれることもなかった。自分がそうしているように、相手もこちらの能力を見て頼んでいるのだ。

しかし60歳を超えると、体力は急激に衰えて行く。無理なことを引き受けると、頓死《とんし》す

るかもしれない。死んだら納期は守れない。そこでヒラノ教授は第4条の頭に、〝還暦前のエンジニアは〟という例外条項を追加して、すでに十分この教えを守ってきたシーラカンスを、対象から外すことにした。

第5条の〝他人の話は最後まで聞くこと〟は、工学部の黄金則である。エンジニアとしては当たり前のエチケットだが、あちこちにこれを守らない人がいる。

20年ほど前のこと、経営工学専攻の博士課程に在籍する学生が経済学者の集まりに招かれ、研究発表することになった。こういう場所に招かれるということは、この人の研究成果が、関係者の間で評判になったからである。

ところが話を始めた途端に大物教授が、「議論の前提がおかしい」と嚙みついた。「前提の意味が良くわからないから、詳しく説明してほしい」というのではない。「前提がおかしい話は、聞いても仕方がない」というのである。幹事がとりなして、30分後に本題に入ったが、ショックを受けたこの学生は、その後しばらく研究が手につかなくなったということだ。

一流のエンジニアは、こういうことは絶対にやらない。そもそも前提がおかしな議論をしている人が、一流エンジニアの集まりに招待されることはあり得ないし、お招きした以上は、途中の議論が少々おかしくても、とりあえず最後まで話を聞くのが、エンジニアのエチケットだからである。おかしなことについては、話が終わった時にやんわりと指摘す

るか、聞かなかったことにするかのいずれかである。

第6条の〝学生や仲間をけなさないこと〟は、工学部に限らず、すべての大学教授が守るべき教えである。ある大数学者は言っていた。「工学部の人は、お互いを褒めまくっているので気持ちワルイ」と。

学会などで若い学生が、誰が見てもつまらない研究発表をやった時、その責任はその学生ではなく、つまらない研究をやらせた（黙認した）指導教授にある。だから学生を罵倒したりはしない。そして少しでも面白いところがあれば、その部分を褒めるのである。

エンジニアに比べると数学者は厳しい。大教授が若者に向かって、「そんな研究やって、どんな意味があるの？」なんて平然と聞くのだ。悪気はないにしても、大物教授のこの一言は、若者の一生に黒い影を落とすことになるだろう。

経済学者はもっと過激だ。ゴーマン教授が公開の場で、「全くナンセンス」だとか「前提がおかしい」と切って捨てる。なぜ経済学者はこれほど厳しいのか。それは、経済学者が代々この厳しいカルチャーの中で育ってきたからである。スーパースター以外は生き延びることができないカルチャーと、二流でも（頑張れば）やっていけるカルチャー。ヒラノ教授は50年にわたって、若者をヨイショするカルチャーの中で過ごすことができた幸運を感謝する気持ちで一杯である。

最後の第7条〝拙速を旨とすべきこと〟は、厳しい研究競争に勝ち残るためのノウハウ

である。

研究とは、それまで誰も思いつかなかった（あるいは誰も解けなかった）問題に解答を与える試みである。しかし同じ時代に生きている研究者は、同じようなヒントを元に、ほぼ同時に答えを見つけることがある。

したがって自分が宝石の存在に気がついたとき、ほかの人もそれに気がついているかもしれない。タッチの差で大魚を逃した人は、数え切れないほどいる。だから、1日も早く宝石を掘り出して、それを公表して優先権を確保しなくてはならないのである。

この際、100％完璧を期すと30日かかるが、95％だったら10日で済むのであれば、まず95％の結果を公開の研究会で発表して、優先権を確保するのが賢いやりかただ。

ここで、スタンフォード大学OR学科の学科主任リーバーマン教授が、博士資格試験に合格した学生を相手に行った、〝衝撃的〟訓辞を紹介しておこう。

「合格おめでとう。これからいよいよ論文書きに入るわけだが、あらかじめ1つ注意しておこう。ここにいる諸君は互いに競争相手だから、個人的にアイディアを漏らしてはいけない。盗まれてから、それは自分のアイディアだと言っても遅い。

私はアイディアの盗用をめぐる不幸なケースを沢山見てきたが、盗まれた側がそれを立証できたケースはほとんどない。私はこの学科で〝盗んだ・盗まれた〟といった事件が起こらないことを願っている」

アメリカの大学では同じ学科に似通った研究をやっている教授が何人もいる（これがアメリカの強さの源泉の1つである）。だから指導教官が違う学生が相手でも決して油断はできないのである。

一方、日本の大学では、同じ学科でも指導教官が違えば、学生は全く違う研究をやっているから、他人のアイディアを盗んでも使い道がない。同じ研究室の仲間はどうかと言えば、日本の大学は教授を村長とする村社会だから、仲間のアイディアを盗んだりすれば、村から追放される。

しかし、うっかり情報を洩らすと、ライバルに伝わって先を越されることがあるので、気をつけた方がいいことは確かだ。

〝拙速〟で1日も早く結果を出し、1日も早く発表し、1日も早く論文にまとめる。そして不完全な部分は、論文の改訂を行うときまでに完成させればいい。完璧な論文を書いたつもりでも、必ず1つか2つの細かい誤りが含まれているので、どの道1回はレフェリーに修正を求められるからである。

10　講義という名の決闘

40年近い教師歴を持つヒラノ教授でも、毎学期第1回目の講義にはかなり神経を使う。工学部の講義というものは、いかにして自分の話を理解してもらおうかと腐心する教授と、いかに楽して単位をもらおうかと知恵を絞る学生との「決闘」の場である。

学生たちは1回目の講義で、教師の力量と講義の内容を値踏みする。ここでうまくやれば、その後の講義はスムーズに進むが、万一ヘマを仕出かすとあとを引く。一旦学生になめられたら、失地回復にかなりの時間と体力を必要とする。

ヒラノ教授が学生だった時代、文系一般教育教授は、始業ベルが鳴ってから5分以上たって教室にやってくるのが普通だった。中には、10分遅れが当たり前の経済学教授もいたが、こういう人は、〝学生が十分に集まらない状態で講義を始めると、権威が失墜する〟と思っている小心教授である。

一方、物理や数学を担当する理系教官は定刻どおりに姿を現わし、せかせかと講義をは

じめた。理系基礎科目は内容がテンコ盛りだから、5分遅れたら予定した内容をカバーしきれないのである。

すでに紹介したように、「工学部の教え7ヶ条」の第1条は、〝時間に遅れるな〟である。この教えを忠実に守ってきたヒラノ教授は、〝絶対に〟講義開始時間に遅れないよう心がけている。しかしこのルールを守るためには、いささかの努力が必要である。

授業開始の小一時間前から準備に取り掛かり、10分前には研究室を出る。途中トイレに立ち寄ってタンクを空にした後、エレベーターが来るのを待つ。ところが時として、満員で乗れないこともある。10階から階段を駆け下りるという手があるが、シーラカンスは階段を踏み外して、大腿骨骨折→寝たきり老人になるかもしれない。

一方早く着き過ぎて、5分も前に教室の扉を開けるのはオークワードである。精密工学科のS教授はヒラノ教授同様10分前に部屋を出て、たとえ5分前でも教室に入り、OA機器などの状態を点検したあと、時間が余れば教壇を行ったり来たりして開始ベルが鳴るのを待つということだ。しかし、背が高く細身のイケメン教授だからサマになるのであって、70歳の老人がこれをやれば、〝シーラカンスの徘徊〟と言われるだろう。

そこでヒラノ教授は早目に到着したときには、階段の踊り場に潜んで時間潰しをするのだが、この隠れ場はもう1匹のシーラカンスに占拠されていることがある。

「こんなところで、どうかなさったのですか?」

「少し早いので、時間つぶしをしていたところです」

「私もそうなんですよ。お互い気を使いますね」。シーラカンスが考えることは、皆同じなのだ。

講義の際に手間がかかるのが、出欠の確認作業である。試験の成績だけで合否判定する方が楽だが、それをやると欠席者が増える。熱心な学生だけを相手にする講義は気持ちがいいものだが、出欠を取っておかないと、試験に失敗した学生を救う手だてがない。

10年前であれば、試験の成績が50点の学生を合格させるのは簡単だった。あらかじめ80％の学生を合格させると決めておけば、０点から１００点までの素点に非線形変換を施し、80％の学生に60点から１００点までの点を与えるのは容易だからである。

しかしここ数年、教育行政に携わる人たちの間で、大学教育の品質をグローバル・スタンダードに合わせるべきだという声が高まりつつある。そしてこれに呼応して、「ＪＡＢＥＥ（日本技術者教育認定機構）」なる団体が、工学部教育の質を評価する作業に乗り出してきた。ゆくゆくは、この団体の認定を受けない学科の卒業生は、海外での仕事に携わることができなくなるという、恐ろしい組織である。

問題なのは、ＪＡＢＥＥの認定を受けるためには、各科目の3年分の試験について、60点（合格点）前後の答案数枚を提出しなくてはならないことである。こうなると、素点が50点の学生に合格点を与えることはできない。そこでヒラノ教授は、80％の学生が60点以

上を取るような試験問題を作成しようと考えた。ところが「ゆとり教育」学生が相手では、この試みが成功するとは限らない。

では60点以下の学生を、全員不合格にすればいいのか。ＪＡＢＥＥは、そうすることによって教育水準の向上を図れと言っているわけだが、必修科目で50％の学生を不合格にしたら、翌年の授業で学生が教室から溢れてしまう。

できることなら、80％の学生に60点以上を与えたいと考えているヒラノ教授は、１回の出席につき2点、15回全部出席すれば30点を与える一方で、試験の満点を70点とし、両者の得点の合計で成績をつける方法を採用している。全部出席していれば、１００点満点の試験で43点以上取ると、30＋43×０・７＝60・１＞60となるわけだ。

これでも合格者が８割に届かない場合は、出席点を１回２・１点に引き上げる。それでもだめなら、２・２、２・３と増やしていけば、いつか80％以上が60点以上となる――。

ＪＡＢＥＥは「出欠で合否を判定するのは望ましくない」と考えているようだが、いまのところは「禁止する」とまでは言っていない（数年後には禁止になるかもしれないが、その頃ヒラノ元教授は、「定年後悠々自適の旅」を楽しんで（？）いるはずです）。

大学教師という生き物は、容易に単位を出さない腹黒い人種だと思っている人が多いようだが、工学部教授は、何とかして単位を出したいと考える心優しい人なのである。「少々成績が悪い学生に単位を出したからといって、誰も損をするわけではない」。これ

が日ごろヒラノ教授の方針を批判する20年来の秘書に対する回答である。ではなぜヒラノ教授は学生に甘いのか。それは学生時代に、不合格間違いなしと思っていた試験で、合格点をもらったことが何回かあったからである。

工学部では、「社会に出て成功するかしないかは、学生時代の成績とは無関係だ」という言い伝えがある。つまり多少成績が悪くても単位を出した方が、社会的厚生関数は大きくなるのである。

次の問題は、どうやって出席を取るかである。標準的手法は、アシスタントに出欠票を配ってもらい、それを集計するという方法である。しかし２００人分の出欠票を回収するにはかなり手間がかかるし、名簿に出欠を書き写すには、さらに20分くらいはかかる。15回分なら３００分、つまり5時間もかかる。

またこの方法の場合、出欠票を記入し終わった学生が、それを友人に渡して退室しても、出席したことになってしまう。悪賢い学生は、10分か20分教室に滞在するだけで、出席認定を受けることができるということである。これを防ぐには、講義が終わるまでアシスタントが教室に張り付いていなくてはならない。しかし効率を旨とするエンジニアとしては、たとえアシスタントといえども、このような非生産的な仕事に従事させるわけにはいかない。

ではどうするか。ヒラノ教授が苦心の末に編み出した〝究極の方法〟とは、ゲーム理論

を応用した「2ラウンド出欠確認法」である。

これはあらかじめ用意した2組の出欠表の指定欄に、毎回自筆でサインさせるもので、座席の前と後からランダムに2回出欠表を廻すと、教室から抜け出そうとする学生を、90分中平均で45分間は拘束することができる。2回ではなく3回廻せば、75分以上教室に坐っていなければ、出席認定を受けることはできない。

「90分の間に3回も出欠表を廻す教授は異常だ」と批判されることを心配して、いまだかつて2回以上廻したことはないが、この方法を使えば、アシスタントの助けを借りずに、短い時間で正確に出欠を確認することができるのです。

先に〝講義には気を使う〟と書いたが、もっと多く使う資源は〝時間〟である。ヒラノ教授は筑波大学時代に、週7コマの講義――筑波大学では1コマ75分――を担当していたことがある。このうち3コマは、一般教育「情報処理」、残りの4コマのうち2コマは、高学年学生用の専門教育、2コマは大学院の修士課程と博士課程の学生に対する講義である。

一般教育は、毎学期同じ講義を繰り返していればいいが、専門の学生や大学院生を相手にする講義は、毎年1割以上内容を更新する必要がある。したがって7コマ教えるには、毎週ざっと10時間の準備時間が必要になる。講義そのものに10時間と、雑用20時間、会議10時間を加えると週50時間になる。学期中はウィークデー5日間、毎日10時間働いてちょ

うどという数字である。ヒラノ教授が筑波時代の自分を、「教育・雑務マシーン」と呼ぶのはこのためである。

　これに比べると、東工大人文・社会群教授の負担は、学科主任にならない限りはこの3分の1だった。学生達がこの組織を「東工大のオアシス」と呼んでいたのは、ここに所属する教官が、講義がある日（もしくは講義のある時間）以外は大学にいないことを知っているからである。

　人文・社会群時代のヒラノ教授は、毎学期3つの科目を担当していたが、履修学生数は通常の場合、1つ目が10人、2つ目が80人、そして3つ目が250人である。

　10人のクラスは、執筆中の教科書の原稿を教材に使った、3～4年生を対象とするゼミである。よりすぐりの学生諸君のチェックを受けた原稿に含まれる誤りは、元の原稿の10分の1以下である。12年の間に、誤植が少ない5冊の教科書を書くことができたのは、鳥よりも鋭い目と、金平糖のように尖った才能を持つ東工大生諸君のおかげである。

　80人のクラスは、本務の「統計学」である。ここに集まる学生の半分は、すでに自分が所属する学科で（工業）統計学を履修した人たちで、中には統計学を専門に勉強している学生までいる。残り半分ははじめて統計学を学ぶ学生で、その中には数学に強い数学科の学生や、数学大嫌いの化学系の学生が混ざっている。

　東工大にも数学嫌いの学生が多勢いると聞けば、驚く人もいるだろうが、それは大学の

数学が高校の数学とは似ても似つかぬものであることと、〝無慈悲極まる脳味噌のオバケ的〟数学科教授に〝撃墜〟された学生が、ウヨウヨいるためである。

このように多種多様な学生のすべてを満足させる講義など、設計しようがない。80％の学生を80％満足させることができれば大成功だが、結果は合格すれすれの60－60くらいだったのではなかろうか。後にヒラノ教授は放送大学で、数学の知識がゼロの主婦から元数学教師までの30人を相手に、ＯＲの講義を担当したことがあるが、このときは一般教育統計学の経験が大いに役立った。

統計学以上に苦労したのが、２５０人の大人数講義「数理決定法入門」である。履修者の半数は、〝専門の役に立たない一般教育は、単位だけ貰えばいい〟と考えている人たちである。〝馬を水辺に連れて行くことは簡単だが、水を飲ませることはできない〟という諺のとおり、関心のない学生を〝究極の出欠確認法〟で教室におびき寄せることはできても、話を聞かせることはできない。

しかも２５０人用の大教室は換気が悪く、6、7月は蒸し風呂状態である（この当時、教室にクーラーはなかった）。マイクも、理工系大学の総本山にあるまじき性能の悪さである。大声を張り上げていると、合間、合間に水分を補給しなければ脱水症状になる。まだ40代だったから問題はなかったが、70歳のシーラカンスが摂氏40度の教室で90分間喋り続けたら、心不全を起こすかもしれない。

私立大学に移籍した後、ヒラノ教授は再び２００人の大人数講義を担当することになるのであるが、20年の間に教育環境は著しく改善されていた。完璧なエア・コンディショング、性能のいいマイクとＯＡ機器。これなら２００人相手でも死ぬようなことはない。

一方、専門課程の講義は、自分の学科に所属する最大40人を相手とするものだから、いやいや履修する一般教育科目に比べると、学生の熱意には雲泥《うんでい》の差がある。また教官も優秀な学生を自分の研究室に呼び込もうとして、本気で講義に取組んでいる。東工大では、専門教育担当教官が担当する科目は毎学期たかだか１コマだから、ここでうまくやらないと、優秀な学生をライバル教授に取られてしまう。

優秀な学生はほぼ間違いなく修士課程に進むから、１人につき論文１編は固い。また博士課程に進む気になってくれれば、さらに２編の論文が仕上がる。つまり優秀な学生１人は、論文３編を生み出してくれる黄金の卵なのである。これなら本気で講義する気になる。

これに対して大学院の講義は、20人程度の学生を相手にするもので、自分の研究室に所属する学生以外は、単位数を稼ぐだけの目的でやってくる人たちである。したがって教官は、自分の研究室の学生だけを視野に入れた講義になりがちである。

専門が違う学生は１人去り２人去り、最後は１ケタしか残らないこともある。つまり日本の大学院生は、幅広い基礎知識ではなく、互いに関連が薄い先端知識を教わることになるのである。

日本の理工系大学の学部教育レベルは、アメリカにくらべて遜色《そんしょく》がない（ヒラノ教授が学生だった40年前は、はるかに上だった）。ところが大学院教育は、今なおアメリカの遥か後塵を拝している。

（第12章で紹介するように）アメリカの博士コースでは、本格的なスクーリング（講義プラス宿題）を通じて、幅広い基礎知識を習得させる。かねてヒラノ教授は、日本の大学院教育はもっとスクーリングに力を入れるべきだと考えているが、文部省は90年代に入って、事実上全くスクーリングを受けなくても博士号を取得できる制度を導入した。社会経験があることを条件に、論文を書くだけで博士号を取ることができる「社会人ドクター制度」がそれである。

面接と簡単なプレゼンテーションだけで博士課程に入り、全くスクーリングを受けずに博士論文を書く社会人博士と、徹底したスクーリングと厳格な資格試験を課すアメリカ製Ｐｈ．Ｄ．の間には、大きな格差が生じてしまった。

その一方で、文科省は２００８年以来「留学生30万人計画」を提唱し、有力大学に対してより多くの留学生を受け入れるよう求めている。しかし、30万人もの留学生を受け入れるには、大学院教育の抜本的改善が必要だろう。

本格的なスクーリング、英語による授業、アメリカ並みの留学生サービス、等々。政府は財政危機という理由で、大学への投資を年１％ずつ減らす一方で、外国人留学生に対す

る（身分不相応な）出血サービスを提供しようというのである。

政治家や官僚は、この仕事を働き蟻・工学部平《ヒラ》教授たちに押し付けようと考えているようだが、現在すでに目いっぱい働いている彼らを、これまで以上に働かせるつもりなら、交付金を１％ずつ減らすのではなく、１％ずつ増やすというくらいのことはやってほしいものである。

11　後世恐るべし

1982年から1994年までの12年間、一般教育を担当したヒラノ教授は、年に400人ほどの学生と付き合う機会があった。250人の1年生と100人から150人の3、4年生、及び数名の大学院生である。これらの学生はピンキリだが、東工大の最難関と呼ばれる第4類（機械系）、第5類（電気系）、そして第1類（理学系）にはスゴイ学生が沢山いた。ここではその中のよりぬきの3人を紹介しよう。

トップバッターは、250人の大人数講義「数理決定法入門」を履修してくれた、第4類（機械系）のN君である。

250人を対象とするこの授業の運営は、当初予想していた以上に難儀なものだった。単位さえ取れればいい文系一般教育科目にまじめに付き合ってくれる学生は、3割程度に過ぎない。だから期末に筆記試験を実施すると、5割が60点以下である。しかし半数を不

合格にすると、専門教育担当教官からクレームがつく。どうでもいい一般教育で金の卵をいじめるな、というわけである。

そこでヒラノ教授は80％の学生を合格させるため、次のような方法で単位認定することにした。〝13回の講義で1回5点の出席点を与え、12回以上出席すれば合格点60点を保証する。Aを取りたければ期末にレポートを提出する。レポートは40点満点とする〟という方式である。

こうすれば、大半の学生は12回以上出席して単位を確保し、レポートを書かずに済ませようと考える。250人分のレポートを採点するには、『罪と罰』上下2巻を読破するくらいの時間がかかるが、60人分なら8時間もあれば十分である。

レポートを提出するのは、絶対にAを取って学年末の学科選択を有利に進めようとする学生と、出席不良につき何とかCにありつこうとする〝必死の怠け者〟だから、読みごたえのあるレポートを書いてくる。

他人のレポートの書き写しを防止するには、「S．S．O．(Structure-Sequence-Organization) が同一のものが2つ以上提出されたときには、すべてを0点とする」と宣言しておけばいい。なおS．S．O．とは、かつてＩＢＭがソフトウェアのコピーを防止するために提案した基準である。わかり易く言えば、他人のレポートを写しても写させてもダメよ、ということである。

13回の講義に出席して65点を確保したN君は、Aを取るためにレポートを提出した。課題は「数理決定法を用いて、身の廻りのややこしい問題を分析せよ」である。

ここでN君が取り上げたのは、自分の通学ルートの評価である。陸の孤島（当時）である千葉県鎌ヶ谷市に住むN君が、当時利用していたのは、以下に示すルートR_1である。

R_1：鎌ヶ谷 ①→ 船橋 ②→ 品川 ③→ 大井町 ④→ 大岡山

ここで①は東武野田線、②は総武線快速／横須賀線、③は京浜東北線、④は東急大井町線である。

ところがいつも気になっているのが、もう1つのルート、

R_2：鎌ヶ谷 ①→ 船橋 ⑤→ 中延 ④→ 大岡山

である。①と④はR_1と同じで、⑤は京成本線／都営浅草線乗り入れ電車である。

そこでN君は本当にどちらがいいのかを、AHP（階層分析法）という手法を使って分析しようと考えた。折角やるなら、これ以外の3つのルート、

R_3：鎌ケ谷①↓船橋⑥↓茅場町⑦↓自由が丘④↓大岡山
R_4：鎌ケ谷①↓船橋⑥↓日本橋⑧↓中延④↓大岡山
R_5：鎌ケ谷大仏⑨↓津田沼②↓品川③↓大井町④↓大岡山

も分析の対象に含めることにした。ここで⑥はＪＲ総武線各駅停車／営団東西線乗入れ、⑦は営団日比谷線／東急東横線乗入れ、⑧は都営浅草線、⑨は新京成線である。

では通学ルートの良し悪しを決める要因は何か。熟考を重ねた結果、Ｎ君は自分にとって大事なのは総所要時間、電車に乗っている時間、所要運賃、乗り換え回数とその所要時間、電車の混雑度の６つであることを確認した。

次にやるのは、５つのルートのそれぞれに関するデータ収集である。このためＮ君は各ルートについて、行きと帰りの時間帯に3回ずつ試乗し、その平均を取るという方法を使用した。

ここまで読んで、ヒラノ教授は「これは凄い！」と唸った。これだけのデータを集めるため、Ｎ君は夏休みの15日間と1万８１２０円ものお金を使ったのだ！　既に単位が取れている、〝どうでもいい〟科目のレポートを書くために、である。

これらのデータを集めたあと、ＡＨＰ分析を実施するためには、更に76個のデータを集めなくてはならないが、これには最低5時間はかかる。このあとＮ君は、ＡＨＰ分析のプ

ログラムを書いている。特に難しいプログラムではない。しかし、1年生の場合は4、5日かかるだろう。

丸々1ヶ月かけた作業の結果分かった事は、自分が使っているルートR_1がタッチの差でR_2より優れていること、そしてR_3～R_5は問題外だということだった。N君の選択が正しいことが確認されたというわけである（メデタシ、メデタシ）。

ナーンダ、バカラシイと思う人がいるだろうが、この分析結果を見て、N君は大きな満足感を味わったということである。

完璧な分析にヒラノ教授は脱帽した。更に驚いたのは、この人の素晴らしい文章力である。簡にして要を得た文章は、この人が大岡山では抜きん出た国語力の持主である事を示していた。そこでN君のレポートにA＋＋をつけて、重要書類ファイルに格納した（後にこのレポートは、この講義録をもとに作られた教科書『数理決定法入門』の第3章に採録された）。

理・数はもちろん、国語も（そして英語も）できる青年がなぜ東工大に入ったのか。この謎が解けたのは、2年後にテレビでロボット・コンテスト（ロボコン）が放映されたときである。この人は、ロボコンに出たくて東工大に入ったのだ。ちなみにロボコンをはじめたのは、この大学のロボット博士こと森政弘教授である。

テレビで紹介されたところによると、小学生時代のN君は、1年にわたって自宅の裏庭

を掘り返していたという（石油でも出てくると思ったのだろうか）。掘っては埋め、埋めては掘るを1年繰り返したのだそうだが、そんな息子を止めなかった母親はエライ。天才はこういう母親の下で育つのだ。

2人目は3、4年向けの「統計学」の講義を履修した、数学科4年生のS君である。数学科の教授たちは、数学とは代数・幾何・解析のことであって、それ以外のもろもろの数学は研究に値しないと考えている。

あるパーティーの席上で、幾何学が専門のM教授に向かって、「数学者にとっては、代数・解析・幾何以外は数学ではないんですよね」と皮肉を言ったところ、M教授は即座に、「いいえ違います。（代数・解析・幾何ではなく）、代数・幾何・解析です」と答えた。

最もすぐれた数学者が最も高級な代数学を、次が2番目に高級な幾何学を、その次が解析学、それ以外は問題外ということである。

工学部4年生のとき、ヒラノ青年は数学科で開講されている「計画数学（最適化理論）」の講義を履修しようと考えた。ところがこの講義は既に廃止されていた。担当していた古屋茂教授が停年退官したあとを埋めたのは、微分方程式の教授だった。

数学科は、応用数学に分野を拡大すると称して文部省から定員を獲得したあと、停年まで数年しかない古屋教授を立教大学から招致し、停年後はその科目を潰して、このポスト

を応用数学とはいえない分野に割当ててしまったのである。

こんなわけだから、数学科では統計学も最適化理論も開講されることはない。そんな〝つまらないもの〟は、一般教育として履修すれば十分だと考えているのである。しかし数学科の卒業生のすべてが数学者になるわけではない。かなりの学生は、ソフトウェア会社や証券会社に入っている。特に80年代末のバブル期には、3人に1人が金融機関に就職した。こういう仕事には、統計の知識が不可欠である。数学科の学生が、ヒラノ教授の講義を聞きに来るのはこのためである。

統計学の専門家ではない人が30コマ分も講義するのは、決して楽しいことではない。そこでヒラノ教授は考えた。これだけ金融機関志望の学生が多いのであれば、後期15コマ分でファイナンス理論を教えたほうがいいのではないか、と。ファイナンス理論は経済学、統計学、そしてORの分野で精しく研究されてきた応用確率過程論と最適化理論をベースに組立てられているから、半分を統計学、半分を最適化理論で講義をデザインすればいい。

東工大で〝お金〟に関する講義を開講しているのは、経営システム工学科だけである。他学科の学生は、この科目を履修することはできない。この結果、「統計学Ⅱ：ファイナンス理論」の講義は、金融ビジネスへの就職を決めた学生たちから〝熱狂的に〟迎えられた。

同僚の白川浩氏が、3年で数理ファイナンスのチャンピオンになったように、ヒラノ教

授もこの分野の専門家を目指してから3年目の１９９１年に発表した、「平均・絶対偏差モデル（ＭＡＤモデル）」で有名になった。これに勢いづいたヒラノ教授は、このモデルのバリエーションとして、「下半ＭＡＤモデル」なるものを考案した。

　通常の資産運用理論では、目標となる収益率を固定したとき、その値を上廻った場合も下廻った場合も望ましくない、と考えることになっている。しかし実務家から見れば、目標値を上廻るのは望ましいはずである。そこで目標値を下廻る部分だけに焦点をあてた「下半絶対偏差モデル（下半ＭＡＤモデル）」を考案したヒラノ教授は、統計学の授業でこのモデルを紹介した。その時、一番前に坐っていたＳ君が手を挙げた。

「何ですか？」

「先生。下半ＭＡＤモデルは、ＭＡＤモデルと同じじゃないですか」

「株価データが正規分布に従うときはそうですが、一般の分布の場合はそうとは限りません」

「そうですか？　直観的に言って両者は同じになるはずです」

「直観ですか。それではその直観が正しいことを証明して下さい」

　するとＳ君は黒板に式を書きはじめた。数分後ヒラノ教授はアッと叫んだ。確かにこの人の言うとおりなのだ。いついかなるときも、「下半ＭＡＤモデル」は「ＭＡＤモデル」と等価であることをその式は示していた。それにしても、こんなことが直観的にわかると

はどういう頭脳なのか?!!

面目がつぶれたヒラノ教授は、その日から「下半MADモデル」について考えることをやめた。しかしこれは痛恨のミスだった。もし〝2つのモデルは等価である〟という事実をつきつめて研究していれば、ヒラノ教授は1999年にポーランド出身の2人の研究者が証明した、MADモデルに関する「大定理」を証明することができたかもしれないからである。

なおこの論文は、2010年12月現在、199編の論文に引用されているが、ヒラノ教授が書いた論文の中でこれを上回るのは、引用回数559のMAD論文だけである(本当に惜しいことをしたものである)。

3人目は、クラス編成に関わる難問を鮮やかに解いた、情報科学科のF君である。東工大に赴任して4年目の春、人文・社会群が抱える大問題「クラス編成問題」を処理する当番が廻ってきた。これは、〝1200人の学生を12クラスに所属させる際に、クラス定員をオーバーせずに、なるべく志望順位の高いクラスに所属させるにはどうすればいいか〟という問題である。

オペレーションズ・リサーチ(OR)の専門家であれば、この問題が文系読者にもお馴染みのはずの「連立一次方程式」の延長線上に組立てられた、「線形計画法」を使って解

けることは常識である。ところが文系教官は、そのような方法があることは知らない。したがってこの学科では、毎年当番教官が手作業で適当に処理していた。

しかし適当にやると時間がかかるし、うまくいかないこともある（うまくいかないことの方が多い）。この結果、担当教官と事務官は、学生の苦情処理で大変な苦労をすることになるのである。

１９８５年の春、就任3年目のヒラノ教授がこの問題を鮮やかに解いたとき、文系教官はこの人を魔法使いだと思ったようだ。そしてこれから後、この仕事はヒラノ教授に任されることになった。

うまく行ったと思ったが、学生たちの全員が満足したわけではない。クラス定員がタイトなときには、10％以上の学生が第三志望に廻される。その学生が第一志望のクラスを強く志望していたのに、どのクラスでも構わないと思っている学生が、そのクラスに配属されたことが明るみに出ると、不満は何倍にも拡大される。

このあたりの問題をクリアするために、ヒラノ教授は何年にもわたって改良を続け、ついに誰も文句を言わない「究極のクラス編成法」を編み出した。最初にこの問題に取り組んでから5年目の１９９２年のことである。

ヒラノ教授はこの方法を論文としてまとめ、ＯＲ学会の機関誌上で発表した。幸運にもこの論文は学会の事例研究賞を受賞した。またその後この方法を『数理決定法入門』の第

1章として公開した結果、ヒラノ教授はクラス編成法のチャンピオンになった。

その数年後、「研究の鬼」こと小島政和教授が、相談したいことがあると言って、ヒラノ教授のオフィスを訪れた。それは理学部の5学科が共同で開講している科目の「前期・後期クラス分け問題」だった。この問題が、先ほどの問題と違うところは、

① 各学生は前期・後期それぞれ別のクラスに所属する（担当教官は前期・後期同じ内容の講義を行う）。

② 各クラスに所属する学生は、前期・後期でほぼ同数とする。

という条件である。説明を受けたチャンピオンは、この問題は人文・社会群の問題より格段に難しい問題——恐らくはNP完全問題——だと考えた（NP完全問題とは、最適解を求めるために必要となる手間が、問題の規模が大きくなるにしたがって指数的に（爆発的に）ふえて、解けなくなってしまう問題のことをいう）。

「これは簡単には解けないでしょうね」

「そうですよねえ」

「条件①だけならすぐ解けるけれど、②が入ると難しいでしょう。でも何でこんな条件をつけなくちゃいけないんですか？」

「これを要求するのは数学科の先生です。あの人たちは、一度言い出したことは絶対に譲ってくれません。前期・後期で人数が違うと、同じ講義を繰り返すわけには行かないと言うのです」

「そうですか。あの人たちは原理原則にこだわりますからね」

「でもNP完全だからうまく解けないと言えば、納得してくれるでしょう」

何十年もORをやっていると、問題が解けるか解けないかは直観でわかるようになる。解けると思った問題は80％の確率で解ける。解けないと思ったらまず解けない。解けない問題に関わりあうと破滅するから、忘れた方がいい。かくしてわれわれは、安心してこの問題を忘れることにした。

ところがその半年後、この問題をF君が鮮やかに解いたのである。クラス編成問題のチャンピオンと、世界の小島教授がサジを投げた問題を、4年生が解いたのだ！　わかったことは、条件②を外して普通のやり方で問題を解けば、〝自然に〟条件②が満たされるということである。F君は問題を見たとき、〝そうなるはずだ〟と直観したという。

東京大学工学部30年ぶりの秀才と呼ばれた森口教授は言っていた。「組合せ最適化の論文を見ると、第1ページにはユークリッド幾何学でいう、点と線の定義みたいなものが書いてあるかと思ったら、2ページ目にあっと驚くような定理が出てくる。しかもその証明は驚くほど簡単なんだよ」と。

そうなのだ。問題が与えられたとき、天才にはそれが解けるかどうかがわかるのだ。あとはその直観が正しいことを証明するわけだが、この問題の場合も証明は驚くほど簡単だった。

このほかにも凄い学生は何人もいた。ヒラノ教授が半年かかっても解けなかった問題を、1週間でスルスルと解いてくれた経営システム工学科のM君。ヒラノ教授が書けば1ヶ月はかかるプログラムを、3日で仕上げてくれた同じく経営システム工学科のY君。

熊田禎宣《よしのぶ》教授の大学院レベルの講義をはねのけて、学部時代に平均得点98点を取った社会工学科のG君。ヒラノ教授が小型の難問の効率的解法を発見したあと、次々と新しいアイディアを生み出し、中型難問を解決してくれた社会工学科のK君……。

東工大には沢山のバケモノが住んでいる。これらのバケモノはバケモノたちと切磋琢磨して、大バケモノに成長する。そして彼らの多くは、全国各地の有力大学にポストを得て、バケモノの育成にあたっているはずである。

12　大学院重点化

１９８０年代末以来20年にわたって、大学キャンパスには「改革」の嵐が吹き荒れた。どこの国にも大学改革はあるが、これだけ長期にわたって大改革を続けた国は、日本だけではなかろうか。

最初の嵐は、「大学設置基準の大綱化」である。教養部の改組などでこの大波を乗り切ったあと、一息つく間もなくやってきたのが、「大学院重点化」（以下重点化と略す）という大嵐である。東工大にとっては、大綱化が局所的雷雨だったとすれば、重点化は全学を巻き込む暴風雨だった。

重点化とは、学部主・大学院従であった組織を、大学院主・学部従に変更する改革、わかりやすく言えば、教育中心だった大学を、研究中心の大学に作り変えようという試みである。折から経済界を席捲している成果主義を取り入れ、実績を挙げている優良大学を優遇する一方、成果が上がらない大学を冷遇し（て淘汰し）よう。これが政府・文部省の考

えである。

東大や東工大などの有力大学は、A学科もB学科も大学院A専攻・B専攻を持ち、A学科・B学科の教官がそれぞれA専攻・B専攻の教官を兼務している。一方、重点化を行うと、各教官は大学院A専攻が本務で学部A学科を兼務する形になる。つまり名称を入れ替えるだけで、少しばかりとは言うものの予算を増やしてくれるというのだから、これはオイシイ話だ。

この思惑は見事に外れるのであるが、それについて書く前に、大学院の設置基準について少しふれておこう。

学部が教育活動を中心とする組織であるのに対して、大学院は研究活動を行うための組織である。したがって大学院を担当する教官は、一定以上の研究能力を持つことを求められる。研究能力を証明するものは、レフェリー付きのジャーナル（専門誌）に掲載された論文である（文系の場合は、著書も対象になる）。

教官の能力を査定するのは、大学設置審議会である。ここで教官は、「マル合」、「合」、「可」、「不可」に分類される。大学院での講義と修士論文の指導ができる「マル合」、講義と修士論文の指導補助ができる「合」、そして講義だけができる「可」というクラス分けである。

マル合教官の中で、博士論文の指導ができる教官を「Dマル合」と呼び、博士課程を新

設する際には、一定数以上のDマル合教官を擁することが条件となっている。なお（やや信頼性に欠ける）ウィキペディアによれば、マル合教官の認定を受けるためには、レフェリー付き論文が30編以上、Dマル合の場合は40編以上が条件になるということだ。

有力理工系大学の教授ともなれば、8割以上はDマル合資格を満たしている。一方、教養部を廃止したあと、外国語担当教官を中心に作った「国際コミュニケーション学科」のような学科には、基準をみたすだけのマル合教官はいない。したがって、そのままでは大学院設置は認められない。このような場合に取られる1つの方策は、マル合教官が少ない学科を多い学科と合併、もしくはマゼコゼにすることによって、基準を満たす組織を作ることである。

めでたく博士課程の設立にこぎつけたグループには、国からの交付金が25%増額された。ところが文部省はその代償として、定員通りの学生を受け入れることを要求した。かくして多くの大学は、修士・博士の量産を開始した。地方の国立大学の中には、すでに就職が決まっている学生を、無理矢理大学院に引っ張りこんだケースもある。

新大学院は大学の都合で作られたものだから、卒業生に対する社会的ニーズがあるとは限らない。修士はともかく、博士の就職先といえば、大学や国、地方自治体の研究機関、そして少数の民間研究機関しかない。しかし既存のポストは埋まっているし、新設ポストはほとんどない。また企業は政府・大学の再三の要請にも拘わらず、博士を採用したがら

ない。

この結果、2万人に迫る「オーバードクター」が発生し、あちこちの研究機関の任期つきポストを渡り歩くことになった。このポストすら手に入らない人は、塾講師や大学の非常勤ポストで糊口《ここう》をしのぐか、研究者への道を諦めて、誰でもやれる仕事もしくは誰もやりたがらない仕事に就いた。このような人を含めれば、オーバードクターの数は数万人に達するだろう。

なぜ企業は博士を採用したがらないのかと言えば、アメリカと違って日本の博士教育は、若い才能を狭い専門に閉じ込める傾向が強いからである。

ではアメリカの大学院教育とは、どのようなものか。MBA（経営学修士）プログラムと違って、工学教育について紹介した一般向けの本はあまり見かけないから、日米に大きな違いはないと思っている人が多いのではないだろうか。留学するまではヒラノ青年もそう思っていたが、その予想は全く外れた。

まず修士課程だが、教育の基本は徹底したスクーリング（講義プラス宿題）である。MITなど少数の例外はあるが、スタンフォードを含むほとんどの大学は、15科目を履修して試験にパスすれば、9ヶ月で工学修士号（M.S.）を手に入れることができる。修士論文を書かなくてもいいのだから、日本に比べて楽そうに見える。実際知り合いの留学生たちは、2年目に入ってからは優雅なアメリカン・ライフをエンジョイしていた。

しかし楽とは言っても、15科目のコースワークを履修して、平均以上の成績を取るためには、おおよそ１８００時間の勉強が必要である。より具体的に言えば、１科目は週３回の50分授業プラス９時間分の宿題10週間分からなっており、Ａを取るには、１科目につき１２０時間以上勉強しなくてはならないのである。

アメリカの大学院で使用される教科書は、何回も版を重ねた分厚いもの――中には１０００ページに達するものがある――が多く、各章末には20題から30題の練習問題が載っている。

講義担当教官はその中から、平均的学生が９時間程度かかる問題を毎週宿題として与える。成績判定は原則として２回の試験が50％、宿題が50％だから、宿題解きに手を抜くわけにはいかない。仲間同士で相談すればいいのではないかといえば、自分で解いておかないと試験でいい成績がとれない。その上留学生には仲間が少ないし、量が多いから相談しているより自分で解いた方が早いのである。

１学期に５科目取ると、ウィークデーは毎日12時間の勉強である。日本でも工学系の大学院生はこのくらい勉強している。しかしその大半は基礎知識の習得より、先端的研究（の下請け）に費やされている。

博士課程となると、日米間には〝決定的な〟違いがある。アメリカでは、博士課程の学生は修士並みの15科目のほかに、10科目程度の上級科目を履修し、平均Ａマイナス以上の

成績を取った上で、2日間にわたる5時間ずつの筆記試験——博士資格試験——を受ける。2年目の終わりに行われるこの試験をパスするには、修士の学生の2倍以上、すなわち5000時間は勉強する必要がある。

資格試験に失敗した学生の多くは、退学勧告を受ける。1度で通らない学生は、2度受けても通るとは限らない。だから（見込みのない学生には）早い段階で転出してもらった方が本人のためだという、〝冷酷な親心〟である。

では2年間のコースワークで何が身につくのか。一言でいえば〝わかった感覚〟である。1つ具体的な例を挙げよう。スタンフォード大学の経営工学科で「投資科学」を9単位履修すると、600ページを超えるルーエンバーガーの本格的教科書『Investment Science』（邦訳『金融工学入門』（日本経済新聞社、2002）を丸々一冊、練習問題込みでみっちり勉強させられる。これだけやれば、金融工学について〝わかったぞ〟と言えるだけの知識が身につく。この〝わかった感覚〟のあるなしが、後に研究を進める上で大きな違いを生むのである。

毎学期5科目（15単位）を履修すると、2年間（6学期）でルーエンバーガー10冊分の知識が身につく。また資格試験をパスするには、この5割増しから2倍に相当する知識を詰め込む必要がある。

ここで重要なことは、基礎的科目については、専門家であれば誰でも知っている教科書

が用意されていることである。これらの教科書は、どれも十分な時間をかけて作られたものので、上記のルーエンバーガーの教科書の場合は、脱稿までに6年以上かかっている。

１９９３年に第一草稿を渡された時、〝ルーエンバーガーもこの程度か（私でも書ける）〟と思ったものだが、５年にわたる改訂作業を経て98年に完成版が出た時には、〝さすがルーエンバーガー（私にには絶対書けたい）〟と脱帽した。

さて資格試験をパスした学生は「博士候補生」となり、ここで初めて指導教官が決まる。これから先は本人次第で、１年で博士号を取る人もいれば、５年かけても取れずに退学する人もいる。特別な天才は別として、博士号（Ｐｈ．Ｄ．）を取得するまでには、１万時間から1万５０００時間を投入することになるのである。

一方日本では、（大学院重点化以後も）カリキュラムの体系化は不十分である。第10章で書いたとおり、日本の大学では、教官は自分が専門とする狭いテーマを教えることを優先し、基礎知識は学生の独習に任せるケースが多いのである。

話を重点化に戻そう。従来から研究主・教育従だった東工大の重点化には、さほど手間がかからないと思われていた。一般教育グループ以外は博士課程を持っているから、単に看板を付け変えるだけで済むだろうというわけである。

しかし文部省は、これらの大学に対しても厄介な条件を課してきた。曰く、「重点化するからには、Ａ・Ｂ・Ｃ学科をＡ・Ｂ・Ｃ専攻に格上げするのではなく、既に存在するこ

れらの専攻を混ぜこぜにして、D・E・F専攻を作り、新機軸を打ち出せ。どのように改組するかは、大学が自主的に考えよ」というのである。ところが、どこまでやれば認めてくれるのかは教えてくれない。しかも合否の判定は、担当課長の胸先三寸である。

A・B・C学科は、それぞれ独自の伝統とカラーを持っているから、これを混ぜこぜにするのは容易でない。もう一つ厄介だったのは、文部省の基準ではA学科に配分されたはずの教官定員を、B学科に流用している場合には、重点化に先だってポストを元に戻しなさいという条件である。

これについては、文部省だけでなく学内からも強い要求が出た。重点化の機会に、かつて失った領土を取り戻そうというわけである。しかし、借りている側にしてみれば寝耳に水である。そのポストには誰かが坐っているが、公務員をクビにすることはできないから、自発的に辞めてもらうか停年になるのを待つしかない。

特に面倒だったのが、東工大の広告塔を務めてきたことが評価されて、特別に優遇されてきた人文・社会群である。どこかから融通されていた3人分の助手ポストを返還させられることになったのだが、2年後までに3人もの人が辞めてくれるだろうか？　その一方で、重点化はこのグループにとって20年来の宿願を実現する神風だった。

人文・社会群17人の教授・助教授のうちで、博士号を持つ人は社会工学科の大学院担当教官として、大学院生を指導する権利を持っていたのに対して、博士号を持たない人は一

般教育だけに閉じ込められてきた。

理工系の分野では、博士号は研究者としてのパスポートであって、博士号を持たない人は、一人前の研究者とは認められない。一方文系の学問の場合、博士号を持つ人は少数派である。たとえば考古学や哲学などの分野では、（当時は）東大教授ですら博士号を持たない人の方が多かった。

博士号を持たない教授は、博士課程を修了した学生に対して、容易なことでは博士号を出さない。博士号がなくても東大教授になれるくらいだから、これらの分野では、博士でなくても特に不都合なことはなかったのである。

ところが理工系大学では、博士号を持たない人には、大学院教育を担当させないのが慣例である。しかし一流国立大学の文学部に（非常勤講師として）招かれ、博士課程の学生を指導している斯界の第一人者に、一般教育だけをやらせるのはもったいないのではないか？　しかしこの制限を外すと、博士号を持たない理工系教官や外国語教官にも、大学院担当を認めなくてはならない。

この二重構造を解消する1つの方法は、人文・社会群が独立した大学院専攻を作ることである。17人の教授・助教授の半数以上が博士号を持っているから、大学院「人文・社会科学専攻」を設立することは可能だ。そしてその専攻が、〝研究実績と指導力がある人には、（博士号がなくても）大学院担当を認める〟という規定を作れば、部外者が異議をは

さむことはない。

ところが学部主・大学院従の時代には、学科を持たない大学院専攻設立を認めてもらうには、特別な理由が必要だった。特に一般教育グループが、(学部における)専門学科をスキップして大学院専攻を設立するというのは、過去に例がない〝2階級特進〟に相当するから、前例主義の文部省が認めるはずがない。特別な理由はあるが、教授会と文部省の理解が得られるだろうか?

では学部に「人文・社会学科」を作ってから、大学院を立ち上げればいいのかと言えば、これをやると一般教育+学部教育+大学院教育という3つの仕事をこなさなければならない。専門学科のスタッフの負担の重さからして、教育・雑務は現在の倍以上になる。つまりこれまでのオアシス暮らしが、教育・雑務暮らしに変わるということだ。

ヒラノ教授は専門学科の実態を知らないオアシス住民に、このプランの無謀さを説き続けた。「そんなことをやれば、有力教授は別のオアシスに移住してしまいますよ」と。

学科を持たない大学院、すなわち「中抜き大学院」が認められない限り解消されない二重構造は、人文・社会群を30年にわたって悩ませてきた大難問である。ところが大学院重点化によって、この問題があっさり解決されるのである。

大学院重点化を行った大学とは、まず大学院専攻があって、その下に学科が従属する仕組みである。したがって、大学院専攻がなければ、学科を作ることはできないかもしれな

いが、作らなくても別に問題はないわけだ。

既に大物教授は停年で学外に去り、人文・社会群は小ぶりな人の集まりになっていたが、永井・吉田・江藤教授が残した「栄光の人文・社会群」のイメージは生き続けていた。かくして、人文・社会群の「中抜き大学院」構想は、学内では何の抵抗もなく受け入れられたのである。

ここで協力を求められたのが、文系寄りの2学科、「経営システム工学科」と「社会工学科」である。これらの学科と人文・社会群を混ぜ合わせて3つの専攻を作り、教職グループと保健体育グループを統合してもう1つの専攻を作る。そして、4専攻からなる文理融合の新大学院「社会理工学研究科」を作ろうという構想である。

12年を過ごした人文・社会群の年来の宿願が達成されることを、ヒラノ教授は心から嬉しく思った。この構想の実現には最大限協力しなくてはならない。しかしその一方で、現在お世話になっている経営システム工学科の利益を損なうことは、絶対に防がなくてはならない。

3つのグループをどのように混ぜ合わせればいいのか。一級市民の集まりである経営システム工学科と社会工学科から、一・五級文系市民の集まりに移ってもいいという人は誰もいない。一・五級グループから受け入れたい人は何人かいるが、相手は出そうとしない。

社会工学科は早々とまぜこぜ案を拒否した。一方的に損な役回りを務めさせられるのは

御免だ、というわけである。本音を言えば、経営システム工学科も拒否したいところだが、それでは文部省が新大学院設置を認めてくれない。そうなれば人文・社会群は外国語グループのように大学院化から取り残され、自治権のない「人文・社会センター」暮らしになってしまう。それはあまりにも気の毒なので、ここは何とか協力してもらえないだろうか。これが学長以下大学執行部の意向である。

ヒラノ教授が経営システム工学科に移籍して間もなく発生したこの大騒ぎは、1年半にわたって続いた。なかなか自分の意見を言おうとしないM委員長の下で、重点化会議は延々と続いた。

M委員長は、伝統ある応用化学グループのクラウン・プリンスで、その実力と毛並みの良さから、次期学長の有力候補と見られていた。才能・人柄・ルックスの三拍子が揃ったスポーツマン教授の唯一の弱点は、〝文〟に弱いことである。

多少は〝文〟の素養があるヒラノ教授でも、人文・社会群の論客のレトリックには、ケムに巻かれることが多かったのだから、〝高校時代以来、小説なるものは一冊も読んだことがない〟と公言するM教授が、文系教授のレトリックに惑わされたとしても不思議ではない。

文系論客が主導権を握る重点化会議が終わった後に開催される経営工学専攻会議も紛糾した。

〝こんな案を受入れると、経営工学グループは致命的打撃を受ける〞と諫言《かんげん》しても、学科主任は、既に海千山千の論客に搦め捕られていた。

最終段階での学科主任同士の対決は、文系主任の一本勝ちだった。もし文系集団の中で14年を過ごしたヒラノ教授が、経営システム工学科の主任だったらどうなっていたか。考えるだに恐ろしい話である。

かくして経営工学グループは、時間切れを前にして、思いもかけないソリューションを呑まされることになったのである。

１９９６年６月、２年に及ぶ激論の末、「経営工学」、「社会工学」、「人間行動システム」、「価値システム」の４専攻からなる「大学院社会理工学研究科」が誕生した。学内での紛糾とは対照的に、文部省との折衝は拍子抜けだった。

〝文理融合で東工大の新たな地平を拓く〞という謳い文句が、説得力を持っていたのか？恐らくはノーだろう。

経験豊富な官僚が、こんな陳腐な言葉に騙されるとは思えない。それより文部省としては、理工系大学の雄である東工大が重点化に失敗すれば、重点化構想そのものに無理があることを認めざるを得なくなる。だから一応もっともなプランが出てくれば、受け入れることになっていたのだ。

新大学院の設立によって最も大きな利益を得たのは、（本人たちは認めないだろうが）

オアシス環境を損なうことなく、年来の懸案だった「中抜き大学院」を実現した価値システム（旧人文・社会群）グループ。貧乏くじを引いたのは、（本人たちも認めるだろうが）価値システムのために犠牲を払った経営工学グループである。

１９９４年に始まった東工大の重点化が完了したのは、６年後の２０００年である。グループごとに若干の違いはあったものの、このプロセスに投入された時間は、教授１人あたり５００時間を下ることはないだろう。４００人分を合算すれば20万時間である。ではこれだけの時間をかけた結果、何が変わったのか。少し予算が増えたこと、教官を混ぜ合わせることによって、シナジー効果が生まれた（かもしれない）こと、一般教育グループが「大学院社会理工学研究科教授」を名乗れるようになったこと……。

しかし投入された時間に見合う改革だったのかといえば、かなり疑問が残る。組織は大幅に変わったが実質的内容、すなわち研究と教育は、重点化以前とほとんど変わらなかったからである。教官の定員増はなく誰も辞めないのだから、大きく変わるはずはなかったのである。そうとわかっていて重点化を行なったのは、やらなければ大学差別化バスに乗り遅れるからである。

国立大学の中で全学が重点化されたのは、東大・京大をはじめとする旧帝大、プラス東工大・筑波大・一橋大・広島大・神戸大の12校だけである。これに一部重点化された千葉大など旧６医科大学を加えても、18大学に過ぎない。残り50余りの国立大学は、検討はし

たが断念したか、始めから諦めたかのいずれかである。

かくして文部省の意図どおり、国立大学は一流の重点化大学と、それ以外の大学に区分けされることになったのである。

13　ヒラノ教授、部局長となる

新研究科設立とともに、ヒラノ教授は工学部平《ヒラ》教授から大学院平《ヒラ》教授に昇格することになっていた。そうならなかったのは、2年前まで一般教育グループに所属していたせいで、「研究科長」に選出されたためである。

民間研究所の研究員を振出しに、一般教育担当助教授、一般教育担当教授、専門教育担当教授を経て、部局長として大学経営に関与することになったのである。軍隊で言えば、民間人が軍曹（助手）、大尉をとばして中佐、少将、中将を経て大将に昇進したことに相当する大出世である。

大学スゴロクには、この上に元帥に相当する学長職があるが、学長は行政職であって教育職（教授）ではないから、教官としては大将が最高のポストである（41頁参照）。

研究科長の任期は2年で、その仕事は１００人余りの教官からなる研究科会議と、４専攻の長からなる専攻主任会議の運営、平均して週6回の全学レベルの会議への出席、事務

局との打ち合せ、来客との対応、広報活動、教官の苦情処理などなど。また毎年2月の寒い日に、新米の部局長は数人の事務職員とともに、一升びんをぶら下げて、キャンパスの外れに鎮座するお稲荷様にお参りすることになっていた（やれやれ）。

「絶対にノー」と言えば、この仕事を断ることはできただろう。しかしそうしなかったのは、〝頼まれたことは断らない〟という〝工学部の教え〟に従ったのと、大学スゴロクに参戦したからには、一度は〝上がって〟見るのも悪くないと思ったからである。

もう一つの理由は、この仕事を引き受ければ、研究科長以上に忙しい経営工学専攻主任の仕事を免除してもらえると思ったことである。

大学という組織では、1年後に停年を控えている人に、専攻主任という雑務係をやらせたりはしない。教授のほとんどは、この大学で20年以上を過ごした人だから、大量の（不良）資産を抱えている。そしてその大半は国の経費で購入したものだから、停年時にはきちんと処置してもらわなくてはならない。

消耗品はなくなっても構わないし、耐用年数を超えている機器は廃棄すればいい。駆け出し助教授時代に聞いた話だが、たとえば自転車を廃棄する際には、サドルさえ残っていれば自転車一台と認定してもらえるという。つまり物品の廃棄手続きはさほど面倒ではないが、問題は数が多いことだ。

もっと厄介なのは、耐用年数がない書籍である。国の経費で買った書籍は国有財産だか

ら、たとえ時代遅れになった30年前の教科書でも、ハードカバーの本はすべて返却しなくてはならないのである。研究室は、増殖する本を無限に格納できるほど広くはないから、一部は実験室の隅に収納しておくのだが、見張りがいないのだから、行方不明になるものが出てくる。中には何万円もする洋書もある。

紛失した本は弁償するのが原則である。十数年前に退官したD教授は、600万円を取り立てられたという噂だった。自分が持っていることになっている本のリストと現物とを照合して、紛失した本については、卒業生に〝本返せ〟の手紙を送った先輩教授もいる。

停年を1年先に控えた春休みに、ヒラノ教授は蔵書をチェックした。すると約100冊が行方不明になっていることが判明した。20年で100冊ということは、1年あたり5冊だから仕方がないと思うべきだ。学生に返却を呼び掛けるのはオークワードだし、やったところで10冊戻ってくればいいところだ。ここは退職金が200万円減ったと思うことにしよう。

こう思っていたところ、土壇場になって始末書を1枚提出すれば、すべてチャラにしてもらえることがわかった。では600万円を弁償したD教授の悲劇は嘘だったのか。それともどこかでルールが変わったのか。

しかし、そのあたりをつつくとヤブヘビだから、その日のうちに始末書を提出し、弁償に回すはずの200万円（プラス・アルファ）で、かねて妻が望んでいた次の次の引っ越

し先である「お墓」を買うことにした。

停年直前の教授にとって最も大きな仕事は、助手の就職先を見つけることと、博士課程の学生を間違いなく社会に送り出すことである。助手の転出（もしくは昇進）斡旋に失敗すると、学科は対応に苦慮するし、置き去りにされた助手も、オークワードな立場に立たされる。また博士課程の学生は宙ぶらりんになる。

停年を迎える前に、一度は専攻主任をやらなくてはならないが、以上のようなわけで、現役最後の年である２０００年度はセーフだ。危ないのは98年と99年だが、98年３月までの２年間研究科長を務めれば逃げ切れるだろう。これが研究科長を引き受けた理由の１つである。

部局長として最も神経を使ったのは、月１回学長が招集する「部局長懇談会」である。〝懇談会〟という言葉からは、雑談を交わす気楽な会合だと受け取られるかもしれないが、ここは大学の機密事項が話し合われる重要な場所である。

大学の最高意思決定機関は、各部局から３人ずつ選出された評議員からなる「評議会」で、そのお膳立てをするのは「部局長会議」である。部局長会議で承認された案件が、評議会で覆されることは皆無である。異論を唱える人がいたとしても、それが通ったためしがないことはわかっているから、最後まで固執する人はいない。

つまり大学の実質的意思決定機関は、部局長会議だということである。しかし文部省か

ら出向している事務スタッフが顔を揃えているこの会議で、教官サイドの代表者である部局長が本音を述べることができない場合もある。そこで学長は部局長〝懇談会〟を設けて、本音を聞き出そうとしたのである。

この会合に出て知ったことは、部局長になる人は、バランスの取れた常識人だということである。この大学には、自分の専門に関係ないことには全く関心を示さない〝純正〟エンジニアが多いのだが、そのような人は部局長には選ばれないということだ。

『文学部唯野教授』の舞台になった早治大学や立智大学とは比べるべくもないが、東京工業大学にも様々な〝事件〟が起こる。１０００人の教官、２００人以上の事務官、数百人の補助スタッフ、そして1万人を超える学生がいるのだから当然だが、このような大組織をマネージする部局長には、多種多様な仕事が降ってくる。

女子留学生からセクハラで訴えられた、謹厳そのものの老教授（あの人がそんなことをするかしらねえ）、電車の中で婦人警官にワイセツ行為を働いて、現行犯逮捕された助教授（何と間の抜けた話でしょう）、無届で海外主張に出かけたことがバレた助教授（国家公務員はたとえ休暇中といえども、国外に出るときは大学の承認が必要なのです）、海外出張や体調不良を理由に、3回に2回休講する助教授。

刑事事件になった時は手の打ちようがないが、そこまでいかないケースについて、当事者を呼び出してヒアリングを行うのは部局長の仕事である。

ある日、卒業生と名乗る女性がイケメン助教授を婚約不履行のカドで大学に訴え出た。そこで助教授を呼び出し、事情聴取を行ったところ、「身上相談にのっただけだ」という。一方女性は、「誘惑されて捨てられた」と主張する。これはNP完全、ヤブの中事件である。しかし、相手が現役学生ならともかく、卒業生との個人的トラブルに大学当局が関与する必要はあるだろうか。こう思っていたところ、女性は警察に訴え出た。そしてみごと門前払いを食った（この女性は少々アタマがおかしかったらしい）。

事件が一件落着したあと、ヒラノ部局長は「モモイロ助教授」がシロかクロかを肴に、事務官とともに盛上った。なおこの経費は部局長のポケットマネーで支払われました（念のため）。

大学全体で6人いる部局長の中でも、教務部長（独法化後の教育担当副学長）の超多忙ぶりは驚くべきものである。研究科長も十分に多忙だが、その仕事は1週当たり20時間（10時—12時、1時—5時が3日間）程度である。ところが教務部長のスケジュールは、毎日朝9時から夕方6時過ぎまでビッシリ埋まっている。

東工大には約300の委員会があるが、教務部長はそのほとんどすべてのメンバーになっているので、出席しなくてはならない会議は年900回に達する。このため時間が重複するものを除いて、700回もの会議に出席しているのである。ウィークデーは、朝から晩まで会議ばかりということだ。

このような状況でも、この人は年に数編の論文を書いている。「いつ研究するのですか？」と尋ねれば、「週末と朝9時までは会議がありませんからね」と答えるだろう。これだけ時間を費やした代償は、25％程度の部局長手当と乗り放題のタクシー券である。これに比べると、ヒラノ教授がもらっている研究科長手当8％と、半年で6枚のタクシー券はもらい過ぎである。

教務部長よりさらに忙しいのは学長である。文系の人は、東工大を〝マイナー大学〟だと思っているようだが、国立大学の中でのステータスは高い。東京にあるということも手伝って、この大学からは2人の国立大学協会会長と、4人の副会長が出ている。

学長は会社でいえば社長である。大企業の社長は、内外の仕事で10分刻みの生活をしているそうだが、一流大学の学長も、10分とは言わないまでも30分刻みのスケジュールをこなさなくてはならない。では学長や教務部長になるのは、どのような人か。

まず教務部長だが、この仕事をやりたいという人がいるとすれば、それは学部長、学長を目指す人くらいのもので、大多数は断りきれずに引き受ける人である。口の悪い文系教授は、「あの人は学部長を狙っている」と陰口を叩くが、それはエンジニアという人種が分かっていないからである。

第9章で書いた通り、エンジニアは頼まれたことは断ら（れ）ない。頼んだ人には頼んだだけの理由があるから、断るには余程の理由、たとえば介護しなくてはならない家族が

いるとか、健康に問題があるといった理由がなくてはならない。しかしそのような理由があっても引受けてしまうのが、エンジニアなのである。

ではこの人は、なぜこのような苛酷な仕事を頼まれるのか。その大元は、若いころ「教務委員」に選出されてしまったからである。〝賢い〟人は、ここで死んだふりを決め込む。一方真剣に仕事に取組んで、教務部長のお眼鏡にかなったが最後、じわじわと包囲網が狭められていく。そして気がついたときは、もう断れない状況に追い込まれているのである。

教務部長を2年務めれば、700回／年×2年＝1400回の会議に出席するわけだから、学内のありとあらゆる問題に通暁《つうぎょう》することになる。2期4年務めれば、工学部長を上廻る実力者である。こういう人が学長になれば、教務部長の経験が100％生きる。

一方、教務部長だけで終わった人は、この2年（ないし4年）間を振り返って、何を考えるだろうか。誰かがやらなくてはならない大事な仕事だが、一流の研究者にこのような仕事をやらせるのは、誠にもったいないことである。

では学長になるのはどういう人か。

学長になる資質がある人は、その前のステップとして、部局長を経験しているのが普通である。しかし大半の部局長は、学長になろうともなれるとも思っていない。なれると思うのは、50人に1人の自信家だけである。それに普通の教授は、断わり切れずに部局長を引き受けるのであって、研究者としてAA級以上を目指す人は、スーパー雑務・調整マシ

ーンなどやりたくもないし、やれるとも思っていない。

ヒラノ教授が東工大で過した19年の間に、学長を務めた人は5人である。赴任した時の松田武彦学長は東大工学部の出身で、後にノーベル賞を受賞するハーバート・サイモン教授（カーネギーメロン大学）に師事した、わが国の経営科学の草分けの1人である。

この人は40代はじめに教授に昇進するや否や、学長を目指して人脈作りを開始し、18年後の1981年にめでたく目的を達したが、在任中の4年間は、大学改革の嵐が吹き荒れる前の安定期だったため、特別な業績を上げることはなかったと言われている。

専門分野が近かった関係で、学長になる前にはしばしばこの人の御尊顔を拝見する機会があったが、学長在任中に言葉を交わしたのは、赴任のあいさつに伺ったときだけである。

松田学長のあとを継いだ田中郁三学長は、優れた研究業績と人柄の良さで人望を集めた化学界のドンで、短い期間ながら国立大学協会会長を務めている。人文・社会群の主任として、ヒラノ教授は何回（5回以下）かお話をうかがう機会があったが、5人の中で学長という言葉に最も良くフィットするのはこの人である。

3人目の末松安晴学長と4人目の木村孟学長は、ヒラノ教授にとって特別な存在なので、やや詳しく紹介しよう。

東工大が誇る光通信の世界的権威である末松安晴教授が、1989年の学長選挙で、本命と目された長津田キャンパスのエースであるI教授を破った時、会場にはドヨメキが沸

き起こった。松田学長の参謀役を務めたI教授が、文部省に太いパイプを持つ、大学運営のエキスパートだったのに対して、末松教授は3年前に工学部長に就任するまでは、研究一筋の〝純正エンジニア〟だったからである。

逆転が起こったのは、固い結束を誇る電気集団の機動力と、工学部平《ヒラ》教授たちが、余りにも文部省に近いI教授に危惧を抱いたためである。

学長補佐を務めていた香西泰教授が、日本経済研究センターに理事長として転出した後、ヒラノ教授は文系教官集団の代表として学長補佐に任命され、末松学長にお仕えすることになった。

1ダース程の学長補佐の中で、〝ワンマン学長〟と友好的にやっているのは、電気グループの教授だけで、木村工学部長と精密工学研究所のS教授は学長に叱られ通しだった。S教授の隣に座っているヒラノ教授は、学長とやりあっている熱血漢の熱血管が、今にも破裂するのではないかと心配していた。

ヒラノ教授は末松学長の研究に対する情熱と、大学に対する高い理想に感銘を受ける一方で、なぜこの人が学長選に出馬したのかを訝《いぶか》った。学長という調整役は、スーパーマネージャーのI教授に譲って、自分は独創性がゼロになる70歳まで、研究生活を続けたほうがよかったのではなかろうか。

実際この人は学長になったあと、平《ヒラ》教授時代と同じように、教授として研究・教育活動

に携わりたいと言い出して、周囲を慌てさせたということだ。企業でいえば、技術畑出身の社長が、社長業の合間に研究を続けたいと言っているようなものである。従業員が10人程度の零細企業ならともかく、1000人以上のスタッフと1万人以上の学生を擁する組織ではありえない話だ。

さて末松学長時代に発生した大問題が、「大学設置基準の大綱化」である。ところが学長は、一般教育は工学部の問題だとして、すべてを木村工学部長に一任した。また任期3年目に起こった「大学院重点化」問題については、次期学長の仕事だとしてほとんど手をつけなかった。

93年秋の学長戦は凡戦だった。4年前に末松学長との戦いに敗れ、国立環境研究所に副所長として転出したI教授を引っ張り出そうとする動きもあったが、本人がこれを固辞したため、反末松を鮮明に打ち出していた木村工学部長に、予想を上回る票が集まったのである。

80年代半ばには、木村教授が学長になると考えた人はほとんどいなかったはずである。この人が所属する土木工学科は、1964年に東大から人を招いて作られた歴史の浅い学科で、教授はすべて東大出身者だった。一方、隣の建築学科は東大と並ぶ名門学科で、教授陣は東工大出身者で固められていた。

土木工学科は〝東大の亜流、東工大の傍流〟だった。しかも光通信の世界的権威である

末松教授と比べれば、木村教授は〝平凡な〟研究者に過ぎない。

木村教授は東大を卒業したあと、一旦は日本舗道（現・NIPPO）という会社に就職したが、その後大学院に入り直して修士号を取り、新設された東工大土木工学科に迎えられた。

エンジニアの留学先はアメリカというのが相場だった時代に、イギリスに留学したこの人は、ブリティッシュ・カウンシル人脈とリンクを作った。その後、日本IBMが日本の次代のリーダーと目される人を集めて実施する「天城会議」、「伊豆会議」のメンバーとなり、ここで若手官僚、有力エコノミスト、そして有力企業の若手エースと交流する機会を得た。この人脈が、学長になってから有力な武器となったはずだ。

この人のもうひとつの武器は英語である。東大文学部出身の語学教授は、英語が堪能な木村教授に一目おいていた。木村教授が応用化学のエースであるO教授と工学部長の座を争ったとき、文系教官50人の票は木村教授に投じられたが、それは彼らが典型的な東工大エンジニアであるO教授より、〝文〟の香りを漂わせている〝東工大一の英語使い〟に親近感を持ったからである。

工学部長になった木村教授に降ってきたのが、「大綱化」である。学長からこの問題を丸投げされた工学部長は、誠心誠意外国語教官の意見を聞いた。そしてポスト削減を避けるにはこの人に頼るしかない、という信頼感を得ることに成功した。

選挙の際には、〝木村でもいいじゃないか〟と言われる程度の存在だった木村教授は、学長に就任するや否や東工大の星になった。かねてからの友人である吉川弘之東大学長が会長を務める「国立大学協会」のスポークスマンとして、しばしばマスコミに登場するようになったからである。

東工大教授はマスコミに弱い。人文・社会群が一・五級市民待遇を受けていたのは、江藤・香西・永井・吉田らスター教授がしばしばマスコミに登場して、東工大の名前を世間にアピールしてくれたからである。

いまや大物文系スターは大学を去り、東工大教授がマスコミに姿を表すことは少なくなった。学長以下の要人たちは切歯《せっし》扼腕《やくわん》した。ヒラノ教授は学長補佐会で何人もの補佐から、「もっとマスコミに出なさいよ」とプッシュされたものである。

マスコミは、往年の映画スター藤田進ばりの（古くてすみません）苦味走ったマスクを持ち、人当たりが良く弁の立つ木村学長を重用した。朝日・日経・ＮＨＫなどのメディアにしばしば登場する木村学長には、学内の圧倒的な支持が集った。

学内教官と文部省の支援の下、木村学長はエンジン全開で大学改革に取り組み、大綱化、大学院重点化、留学生倍増計画などの難問のすべてを見事に解決した。歴代学長の中でこれだけ多くの案件を解決したのは、戦後初代の学長を務めた和田小六氏以来ではないだろうか。

木村学長がこれだけの実績を上げることができたのは、教務部長時代に手に入れた人使いのノウハウのおかげである。

腰が低いこの人は、他人に頭を下げることを厭わなかった。人に仕事を頼むときには必ず「お願いします」と言ったし、仕事が終ったあとは必ず何らかの形で慰労した。

東工大が創立１２０年を迎えた２００１年、大学評価・学位授与機構長という要職にあった木村元学長は、『東工大クロニクル』誌に、〝大学院重点化の真っ只中で〟と題する文章を寄せている。

その中でこの人は、教務部長・工学部長・学長と続いた8年間の管理職生活を振り返り、「研究生活に憧れ、大学に戻った筈であるのに、何と言う結末になってしまったことか。選挙で選ばれても、引き受けなければよかったのであるが、典型的日本人として……否とは言えなかったというのがほんとうのところである」と書いている。

学長として傑出した業績を挙げただけに、これを言葉通りに受取る人は少ないかもしれない。しかし同じ時代を生きたエンジニアは、この言葉は木村氏の本心を表したものだと考えている。20世紀エンジニアの基本倫理は、〝頼まれたことは断らない〟ことだからである。

5人目の学長は、木村教授の後を継いで、１９９７年に学長に就任した内藤喜之教授である。この人は末松教授と同じ電気工学が専門で、若い頃から学長の有力候補と見られて

いた。研究業績では末松教授に及ばないものの、人柄が良く、東工大教授には珍しく高浜虚子を師と仰ぐ俳人である。

有力候補は、教務部長を経て工学部長に就任した時点で、次期学長の大本命となった。しかし、電気系学長が続くのはバランスを欠くと考える人たちや、教務部長↓工学部長↓学長というキャリア・パスが固定することを好まない人たちは、応用化学のプリンスM教授を学長選に担ぎ出した。

社会理工学研究科設立のキーパーソンを務めたM教授は、研究科の中での人気は高かったが、本命を覆すまでには到らなかった。

ところが内藤学長は、就任後間もなく大病を患い、数ヶ月に及ぶ入院生活を余儀なくされた。辞任の噂が飛び交う中、大手術を乗り切って仕事に復帰したが、体力を必要とする学外活動は前学長に任せ、自らは学内行政に専念した。東工大全体としてみればともかく、これはヒラノ教授にとってとても幸運なことだった。

日本で初めての金融工学研究組織「理財工学研究センター」が実現したのは、文部省に対しては木村前学長が、そして学内の金融アレルギー・エンジニア諸氏に対しては内藤学長が説得して下さったおかげである。

理工系グループが、文系支配下のこの分野に切り込んだこの研究センターは、文系ネットワークに繋がりがある木村・内藤両学長の時代でなければ実現しなかっただろう。

14　独立法人化を逃げ切った男

90年代はじめに学長補佐に任命されたヒラノ教授は、末松学長から停年延長の利害得失に関する報告書をまとめるよう命令された。半年前にこの仕事を依頼された建築学科のS教授が、「停年延長については、学長が決断すればよい」という、A４で１枚の報告書を出したことに激怒した学長が、金融工学という〝怪しげな〟研究に手を染めているオアシス住民に、面倒な仕事を振ったのである。

停年問題は10年以上前から燻っていた大問題で、延長派、現状維持派のほかに、少数の強硬な停年繰上げ派が対立し、数年前には「停年問題検討委員会」が１年余りの検討の末、〝今後一層の検討を要する〟という報告書を提出して解散している。

〝なんでもすぐ決める〟東工大で、「結論なし」で解散した委員会は異例である。停年問題は、とりあえず適当に決めて、うまく行かなければ後で変更すればいいという問題ではないから、このようなことになったのだろう。

難問を与えられたヒラノ教授は当惑したが、ORの専門家としての威信を賭けて、学長から絶対に差し戻されない報告書を書こうと決意した。学長が延長派であることは分かっていたから、その意に沿う報告書を書いて、自らの「2001年無職の旅」を回避しよう。これが、本気でこの問題に取り組む気になった、もう1つの理由である。

当時、国立大学の中で60歳停年制を採用していたのは、東大と東工大の2校、63歳が京大、一橋大と筑波大の3校、(東京芸術大学を除く) その他の大学は65歳だった。

延長派の意見を集約すると、〝60歳はまだ若い (まだまだやれる) し、他大学に比べても早過ぎる。社会情勢も停年延長の方向にある (年金支給年齢が、間もなく65歳に引上げられる)。その上、少子化に伴う大学冬の時代の到来で再就職先が絞られてきたから、60歳で悠々自適となったら目も当てられない (特に実験系の人は、実験設備と学生を取り上げられたら万事休すである)〟。

現状維持派の主張は、〝理工系大学の場合、60歳の教授はすでにシーラカンス化しているから、早く後進に道を譲るべきだ。(実力がある自分には) 再就職先はいくらでもある (はずだ)。年金を理由に停年延長を口にするのは、はしたない行為だ〟、などなど。

停年繰上げ派は、〝50歳を超えた (自分以外の) 教授は、無能レベルに入っている。50歳であれば、60歳で退職するよりいい再就職先が見つかる (はずだ)〟、という。

このような意見対立を乗り超えて、誰もが納得する結論を出す方法なんてあるのか?

それがあるのですね。ORの分野で開発された「AHP（階層分析法）」という方法がそれなのです（これは第11章で紹介した、通学ルート決定に用いられたのと同じ方法である）。

この方法を使って300人の教官を対象に、4つの選択肢（57歳、60歳、63歳、65歳停年）を、7つの評価項目（生活、人事、研究、教育、大学運営、社会的変化、他大学との比較）について比較してもらったところ、人事（停滞）を除く6つの評価項目に関して、65歳停年がベストであること、そして年齢に関係なく、4分の3以上の教官がこの案を支持していることが明らかになったのである。

4分の3以上の教官が賛成しているなら仕方がない——。理工系教授は、数字で示されれば納得する。

この報告書は、思いがけなくも学長の高い評価を頂戴した。したがってすぐさま停年が延長されたのかというと、さにあらず。65歳停年制が実施されたのは、報告者を提出して10年後、ヒラノ教授が停年を迎え「2001年私学の旅」に出発した次の年だった。ここまで遅れた理由の1つは、世間の大学バッシングの中で、全教官の一律停年延長に、文部省が難色を示したことである。

もう1つの理由は、1999年から2001年までの3年間で、100人に及ぶ教官が（60歳で）停年を迎えることである。これらの人の停年を延長すれば人事が滞る。一方彼

らが辞めた後なら、人事停滞の影響は著しく緩和されるから、それまで待った方が賢明だというわけである。

できることならあと5年この大学に止まり、2年前に設立にこぎつけた（この顚末は『すべて僕に任せて下さい』〔新潮社、２００４年〕に詳しく書いた）日本初の金融工学研究組織、「理財工学研究センター」の基礎を固めた上で、心おきなく引退したいと思っていたが、70歳まで働ける中央大学からお誘いがかかったため、後ろ髪引かれることなく転出したというわけである。

あとになって考えると、タッチの差で停年延長に引っかからなかったのは、僥倖《ぎょうこう》だと言わなくてはならない。もう5年間東工大に勤務していたら、「独立法人化」に伴う雑務まみれの生活を強いられただけでなく、「理財工学研究センター」の死に立ち会わなくてはならなかったからである。

大学院重点化は難事業だった。しかしその次にやってきた、新大学院「イノベーションマネジメント研究科」の設立と「独立法人化」は、それを上廻る難事業だった。

「イノベーションマネジメント」は、経営工学に密接に関わる領域である。東工大の計画に対して、文科省（文部省は２００1年に文部科学省と名前を変更した）はいつもどおり、学内から定員を融通することを要求した。どこから定員を供出するか？　本来であれば、経営工学専攻の技術経営グループが協力すべきところだが、目をつけられたのは定員４人

の「理財工学研究センター」だった。

まだ6歳にしかならない大事な息子が、抹殺されることになったというわけである。大岡山で起こったこの惨劇は、後楽園（中央大学理工学部は八王子ではなく都心の一等地にある）に住むヒラノ教授に強い衝撃を与えた。もし目の前で息子が殺されるところを見ていたら、憤死しただろう。ここで憤死しなかったとしても、２００４年に実施された戦後最大の改革、「国立大学独立法人化（独法化）」に巻き込まれて、頓死していた可能性もある。

大綱化・重点化に費やされた労力を１００とすれば、独法化には２００以上の労力が必要だったはずだ。若手をこんな仕事で消耗させるのは気の毒だから、（研究能力が衰えた）シーラカンスが率先して雑用を引き受けるべきだ――。このような環境の中で3年を過ごしていれば、ヒラノ教授は精も根も尽き果てていたに違いない。

停年延長に引っかかった１つ年下の同僚は、早く辞めた人たちを羨んだことだろう。「いやならあなたも辞めればいいでしょう」と言う人は、エンジニアという人種を知らない人である。停年前に敵前逃亡して仲間の信頼を裏切れば、二度とキャンパスに足を踏み入れることはできない。

ヒラノ教授が「２００１年私学の旅」に出発したとき、静けさを取り戻した海を航行する「国立大学船団」の前に姿を現した小さな黒雲、それが独法化だった。不気味な雲だが、

当面嵐になることはないだろう。事実90年代半ばに出現したこの雲は、一向に大きくなる気配はなかったのである。

独法化とは、国立大学を民営化して公務員の数を減らすと同時に、年1兆3000億円の予算を削減しようという試みである。この背景となったのが、国家財政の危機である。70年代に福田内閣が赤字国債の発行に踏み切って以来、国の借金は年を追うごとに増え続け、世紀をまたぐころには500兆円を超えた。

政府は、次の世代に負債を残すべきではないという大義名分のもとに、各省庁に予算と人員の削減を要求した。もはや教育予算も聖域ではない――。

教育予算の中で最もウェイトが大きいのが、初等・中等教育である。しかしこれを削るには、日教組という強大な抵抗勢力と戦わなくてはならない。これに比べれば、大学予算を削減する方がずっと楽である。

『文学部唯野教授』が植え付けた、大学イコール・レジャーランドのイメージは日本社会に定着し、大学の信用は地に落ちた。だからここで大学に犠牲を強いても、世間は反対しないだろうというわけである。

しかし民営化すれば、授業料は現行の3倍以上に跳ね上がる。それだけの負担に耐えられるのは、年収1000万以上の富裕層だけである。こんなことをすれば、日本の高等教育は破綻する。いかに財政危機といえども、国民はこのような暴挙を許すはずがない――。

ところが小泉・竹中改革路線の中で、あっという間に黒雲はふくれ上がり、2004年4月から独法化が実現されることになったのである。いきなり完全民営化ということにはならなかったものの、大学の予算は毎年1％ずつ減らされ、これから先も減らされる一方である。

大学に競争原理を導入し、成果の上がる大学を優遇する一方で、成果の上がらない大学を冷遇しようということだが、このようなプランがあっさり実現したのは、国民が小泉改革路線に眩惑《げんわく》されたからである。

また大学側がこの案を飲んだのは、これと抱き合わせで、優良大学に対するアメが提示されたからだ。たとえば、当時の文科大臣の名前を冠せた「遠山プラン」、すなわちトップ30大学を選別して優遇するという計画がそれである。

2010年現在、強い大学――東大・東工大をはじめとする有力国立大学と、早稲田・慶応など一部のブランド私立大学――はますます強くなる一方で、民間資金の獲得が難しい地方の国立大学は、瀕死の状態に喘いでいる。

この政策が日本にとって、吉と出るか凶と出るかはまだ分らない。だからいまここで私立大学理工学部の平《ヒラ》教授ごときが論評するのは、差控えた方が賢明だろう。

長い間、国立大学工学部で過ごした人は、私立大学に移籍したあとカルチャー・ショッ

クを受けると言われている。その原因の1つは、それまでの研究主・教育従の生活から、教育主・研究従への切り替えを求められることである。慶応・早稲田など一部の大学を除くと、私立大学の多くは、依然として教育主・研究従の姿勢を崩していないからである。これから先も研究実績を挙げたい、まだ十分それができると考えている人にとっては、辛い現実である。

また私立大学は国立大学に比べて、教官1人あたりの学生数と講義負担が多い。大雑把に言って、教官1人あたりの学生数は3倍、教育負担も2倍から3倍である。そのうえランクの低い大学には、割り算ができない学生や、アルファベットも碌に書けないような学生がいるという。噂には聞いていても、実際にこのような学生を眼にした工学部平《ヒラ》教授は、大ショックを受けてしまうのである。

中央大学は、関東地区では早慶に次ぐ「MARCH（明治、青山学院、立教、中央、法政）」グループに属する名門校である。したがって割り算ができない学生などいるはずはないが、それでも覚悟はしておいた方がいい――。

こう思って赴任したヒラノ教授は、全くショックを受けなかった自分に驚いていた。上位3分の1の学生はとても優秀だし、教官集団のカルチャーも、東大工学部や東工大とよく似ていた。それもそのはず、13人の教授の中で東大出身者が5人、東工大出身者が4人、これに京大を加えた3大学が、教官の8割以上をカバーしていた。

首都圏の有力私立大学理工学部の教官構成は、概ねこれと同じである。どの大学も、工学部のカルチャーに大きな差がない理由はこれである。

同じカルチャーの大学に移籍したヒラノ教授は、引越しの片付けが終わった翌日から、それまでどおりに研究を継続することができた。教育負担は増えたが、平《ヒラ》教授になったため雑務が減ったから、研究に投入できる時間に大きな変化は生じなかったのである。また優秀な学生がヒラノ教授の研究室に所属してくれたため、研究分業はそれまでと同じように機能し、論文生産ペースは、東工大時代と大きく変わることはなかった。少なくとも、〝おじいちゃん〟と認定されるまでは。

65歳を迎えるころから研究に集中できなくなった原因の1つは、視力の低下である。研究するためには、様々な文献を読まなくてはならないが、細かい文字や数式を追うのが辛いのである。朝3時間数式を追うと、午後は文字が霞んでくる。

数式を追うのが辛く感じられる数理工学研究者は、トンカツを揚げるのが辛くなったトンカツ屋のオヤジ、ボールが見えにくくなったプロ野球選手、逆上がりができなくなった体育教師のようなものである。どの道のプロも、いつかこのような自分を発見して引退を考えるようになるのだが、とうとうそういう時がやってきたということなのだ。

その上、つまらないことに時間を取られて憤慨することが多くなった。いくつか例を挙げよう。1つは出張手続きである。京都で開かれる学会に出席するため、科研費で2泊3

日の出張に出かける場合は、学会のプログラムと自分の役回りを説明する書類を提出すればＯＫが出る。また出張から帰った時には、宿泊したホテルのレシートを提出すれば、手続きが完了する。

問題は日帰り出張である。飛行機を使ったときは、搭乗券の半券があればＯＫ（万一紛失したときは大騒動である）。一方新幹線を利用する場合、ＪＲの領収書は不可である。買ったチケットを払い戻して、実際には出張しないということがありうるからだそうだ。

では出張した証拠となるものは何か。学会の参加費の領収書は（なぜか）不可。証明するための書類は、何とキオスクの領収書である。京都駅に着いてヒラノ教授がやることは、まずキオスクでおむすびを買うことである。万一これを忘れたり領収書を紛失したりすると、出張費は出ない。

ここまでうるさいことを言うのは、数年前に早治大学のＭ教授が、科研費の使用に関して不正を働いたのが原因である。しかし文科省のお役人よりずっと頭がいいＭ教授のことだから、既にこの裏をかいくぐる道を見つけているのではないだろうか。

Ｍ教授事件の後遺症はこれだけではなかった。科研費による物品購入の手続きが著しく面倒になったことである。消耗品（ノートやボールペン）を購入する際に、従来は生協で物品を選んで伝票を書いてもらえば、そのまま研究室に持ち帰ることができたが、事件後は文科省の通達により、検収官のチェックを受けることになったのである。

高価な機器ならともかく、ボールペン1本、化学試薬1ビンでもチェックを受けなくてはならない。このような作業には人手がかかる。大学にはこの仕事を行う人員を雇用する余裕はない。ところが文科省は科研費を30％上積みして、検収官を雇用する費用は国が負担しましょうというのである。

検収官は検査の専門家だから、本格的なチェックを行う。厄介この上ない話だが、このコストを負担しているのは国民である。M教授の不正によって、99％の善良な工学部平《ヒラ》教授と国民が莫大な被害を蒙っているわけだが、あつものに懲りて膾《なます》を吹く文科省の課長さんも困った人である。

もう1つ例を挙げよう。理工系大学では、講義の際にグラフや統計数字を記した資料を学生に配布することがある。ヒラノ教授が配布する資料は、1つの講義につき30枚程度だが、150人分となると4500枚に達する。コピー費用を1枚5円とすると、全体で約2万5000円かかっていることになる。しかし授業料を頂戴しているのだから、このくらいは無料で配布してもいいのではないか。

ところが4～5年前に、文科省から教材の無料配布を禁じるというお触れが届いた。私立大学には、国から毎年約3000億円の私学助成費が交付されているが、そのお金をこのような目的に流用するのは罷りならぬというのである。

ではどうすればいいのか。毎回学生から実費（毎回2枚として10円）を徴収するのは手

間がかかる。業者に委託して資料を販売するという手はあるが、販売価格は300円くらいになるだろう。では昼食代1回分を割いて、この資料を買う学生は何人いるか。150人中50人くらいかもしれないが、それでも150人分を用意しておく必要がある。このようなハイリスク・ローリターン・ビジネスを引受ける業者はいるだろうか?

というわけで、ヒラノ教授は今も無料配布を続けているが、会計検査院の調査が入った時は、「この資料はタダで貰ったものではありません」と証言してくれるよう、学生諸君に依頼するのを忘れないようにしている。

早治大学M教授の〝独創的〟不正のおかげで、大学教授性悪説に冒された文科省は、ますます締め付けを強めている。大学の事務当局は、万一を恐れて完璧を期す。かくして教官の緊縛度は日に日に高まり、これ以上きつく締め付けられたら、血管が破れるかもしれない。

つまり堪え性がなくなったシーラカンスは、このあたりで辞めた方がいいということだ。実際、中央大学理工学部平《ヒラ》教授の中にも、緊縛に耐えかねて逃げ出す算段をしている人がいるという噂もある。これらの人は、血管が切れないうちに無事定年を迎えることができたヒラノ教授を羨ましく思うことだろう。

15　大学運営（雑務）と社会的貢献

大学教官の役割は、研究・教育・大学運営（雑務）と社会的貢献の4つだとされている。90年代はじめに、東工大の現役教官約１５０人を対象にヒラノ教授が実施した調査によれば、これらの任務の相対的重要度（本来これらに割くべき時間の割合）は、全体を１００として、

研究　50　教育　20　雑務　15　社会的貢献　15

という数字が出ている。

一方現実はどうかと言えば、平均的に言って平《ヒラ》教授の時間配分は、

研究　35　教育　20　雑務　30　社会的貢献　15

というあたりだろう。つまり雑務が15％多い分だけ、研究に皺が寄ったということである。「独立法人化」という大仕事が完了したので、これから先雑務は減るかといえば、そうとも言えない。なぜかといえば、日本の大学では、もともと教官がやらなくてもいいはずの仕事が多い上に、これらの仕事のサポート役である事務官の削減が、今後も続くと予想されるからである（優勝劣敗路線の転換を目指すという民主党政権も、現在のところこれを変更する動きを見せていない）。

さて大学における最大の〝雑務〟は、入学試験である。入試を雑務と言ったら、文科省と大学事務局から叱り飛ばされるだろうが、ＭＩＴと競い合っている工学部平《ヒラ》教授に言わせれば、これは雑務の塊としか言いようがない。

80年代初めの東工大では、平《ヒラ》教授が関与する入試業務は、一般入試、大学院修士入試、大学院博士入試、共通一次試験（監督業務）の４つだけだった。

それでも問題作成・採点を受け持つ英語・数学・物理・化学の教官は、１つの問題につき3人がそれぞれ３０００人分の答案すべてを採点し、３人の平均をもって学生の得点とすることになっていた。

一口に３０００人というが、数学の採点は式の展開を追わなくてはならないから、この作業には１週間から10日くらいかかる。いい学生を集めるためには、これだけの労力を費

やす価値があるというのだが、果たしてそうだろうか。

〝研究の鬼〞こと小島政和教授は、（学部学生の場合は）あるレベル以上の原石を集めておけば、入学後のトレーニングによって、グレードの高い宝石が生まれると言っているが、全くそのとおりである。このような立場からは、世界的な数学者や物理学者を入試業務で2週間も拘束するのは、誠にもったいない話である。

ちなみにアメリカでは、全国一斉に行われる大学進学適性試験（SAT）の結果と、書類調査をもとに、アドミッション・オフィス（AO）が選考することになっているが、それでもいい大学には十分いい学生が集まってくる。AOには一般の事務職員のほかに、博士号を持つプロが多数配属されているので、平《ヒラ》教授ごときが口を出す必要は全くないのである。

さて80年代初めにヒラノ教授が関与した入試業務は、共通一次と一般入試の監督（立ち番）それぞれ1日だけだったが、朝9時から夕方6時まで立ち番をしながら、〝これでMITに2日分遅れた〞と思ったものである。

ところがある文部事務官は、〝入試こそは大学における最も重要な行事であり、あなた方の給料のかなりの部分は、この仕事に対して支払われている〞と言い放った。また文系大学の有名N教授は、〝入試監督ほどやりがいのある仕事はない。なぜならこの時だけは、すべての学生が自分の話を真剣に聞いてくれるから〞と言っていた。スタンフォードを相

手に戦っている工学部平《ヒラ》教授にとっては、〝オヨヨ〟な話である。

4回だけでも十分もったいない話だが、世間（ジャーナリズム）の批判を背景に、90年代に入ると、大学入試は一気に多様化した。センター入試（監督）、前期一般入試、後期一般入試、（帰国子女のための）9月入学試験、留学生入試、推薦入試、修士課程の推薦入試と一般入試、博士課程の一般入試、社会人博士入試エトセトラで、90年代初めには全部で13種類の入試が行われるようになった。

このため平《ヒラ》教授も、問題作成・採点・判定業務などで、80年代に比べて倍以上の時間を、入試業務に割くことになったのである。私立大学の場合は、全国各地で入試が実施されているので、北海道地区担当を命じられた年は、厳寒の札幌で6泊7日の入試監督残酷物語が展開されている。

入試業務の次は、各種委員会である。独立法人化以前の東工大には300の委員会があって、4～5学科を束ねた〝類〟を代表して、どの委員会にも1名の委員を選出することになっていた。たとえば機械系5学科には約60名の教授・准教授がいるが、300を60で割ると1人あたり5つになる。

その中は、入試、教務、研究、施設などに関わる〝重要な〟委員会から、〝白根火山観測センター運営委員会〟のような、年に1回しか開かれないものまで様々である。かつて「委員会削減のための委員会」なるものが設置されたこともあるが、委員会が1つ増える

結果を招いただけだと言われた。どの委員会も、それなりの必要があって設立されたものだから、委員長がノーと言ったら潰すことはできないのである。

独立法人化を機に、大幅な委員会削減が実施されるという噂が聞こえてきたが、結局そうはならなかったということだ。

なお中央大学理工学部の場合、平《ヒラ》教授が関与する委員会の数は、東工大の5分の1程度であるが、それだけに各委員会の仕事量は殺人的である。また私立大学は広報宣伝活動に力を入れているので、平《ヒラ》教授も高校生のためのオープン・キャンパスや高等学校への出前講義などに、かなりの時間を取られている。

教官の雑務が多くなるもう1つの理由は、国からの給付金が年々削減される影響で、これらの雑務をサポートしてくれる事務官が大幅に減ったことである。

ヒラノ教授が学生だった頃の東大工学部では、1つの講座は教授1、助教授1、助手1の3人の教官と、1人の秘書（公務員）からなっていた。そのほか、学科事務室には2人の事務官とアルバイト職員が2名ほどいた。

ところが今や1講座は教授1、准教授1、助教1、秘書0となり、学科事務室にも常勤の事務官は1人だけになってしまった。もちろんこれではやっていけないので、科研費などの外部研究資金で、アルバイト職員を雇っている。正規職員に比べて非正規職員の割合が極めて大きいのが、最近の国立大学法人である。

科研費や外部研究費が潤沢な大学では、アルバイト職員を雇用するためのお金を捻出することができるが、地方の国立大学は危機的な状況に陥っている。秘書を雇うことができない教官は、出張手続きや期末試験の集計業務を、自分でやらなくてはならないのである。

わが国の高等教育に対する国家支出はＧＤＰ比０・５％に過ぎないが、これはＯＥＣＤ28ヶ国中でワースト２に位置している。これまでわが国が世界第２のＧＤＰ水準を維持してきたのは、過去の教育投資に負うところが大きい。もし現在のペースで教育投資を減らしていけば、20年後のわが国の１人あたりＧＤＰは大幅に減少しているだろう。

大学教官の社会的貢献とは、大学以外のコミュニティーに対するサービスのすべてをさすが、その対象は産業界、政府、地方自治体、学界、その他に分かれる。

産業界に対するサービスとしては、共同研究や研究助言などがある。大学を通して企業から公式に依頼された共同研究は研究活動の中に入るが、金銭的報酬を伴う個人ベースの活動は副業扱いになり、（中央大学の場合は）原則として週８時間程度までという決まりになっている。また年間１００万円以上報酬を貰うものについては、教授会の承認が必要とされる。

政府・地方自治体に対するサービスとしては、各種審議会や委員会のメンバーとしての活動があげられる。この種の仕事は特定の教授に集中する傾向があり、20以上の委員会の

委員を務める人がいる一方で、大多数の教授（融通が利かない純正エンジニア）にはお呼びがかからない。

委員としての報酬は1回（2時間）2万円程度に過ぎないが、各種の資料が手に入ることや、社会的に影響力のある人と知り合いになれるというメリットがある。またこの種の仕事を務めると、ジャーナリズムや産業界に注目され、おいしい話がやってくるという話も聞く。

学界に対するサービスとは、関係学会の役員や他大学に対する非常勤講師サービス、研究会の運営、専門雑誌の編集活動などがある。

学会の役員は、学会員のための無償の奉仕活動である。また非常勤講師は、労多くして益がほとんどない仕事なので、できることなら引き受けずに済ませたいものである。しかし自分たちも、他大学の教授に非常勤講師を依頼しているからには、頼まれれば断りにくい。

60歳になるまでのヒラノ教授は、都内のいくつかの大学で非常勤講師を務めたが、週1回90分講義の報酬は、5000円以上1万円以下の範囲に収まる。地方大学に招かれる場合は、90分授業を1日5コマ、6日間30コマの集中講義で、税込み25万ほどの報酬が手に入る。

若いころは、講義が終ったあと少々豪華な観光プランを組んだりしたものだが、50歳を

超えるあたりからは、家に直行してひたすら眠るだけになってしまった。企業に招かれ、適当なことを1時間ほど話して30万、50万の報酬を得ている経済学部の売れっ子教授は、絶対に引き受けない仕事である。

工学部では定職を持たない人を非常勤講師に招くことは稀だが、文学部には非常勤講師の報酬だけで暮らしている人がたくさんいる。これらの人はいつの日にか常勤ポストを手に入れるべく、あちこちの大学を掛け持ちして生計を立てているので、『文学部唯野教授』に書かれたような利権が発生するのである。

なおアメリカの大学には、他大学の教官が時間給で非常勤講師を務めるという制度はない。講義は専任教授が責任を持って行い、人手が足りない時は、常勤の客員教授を採用するか、博士課程の学生の応援を求めるのが普通である。

社会的貢献として重要な仕事が、教科書及び一般読者のための啓発書の執筆である。まず教科書だが、専門的な内容の教科書は、通常2000部くらいしか売れない。ヒラノ教授が書いた教科書の中で最も売れたものは1万部であるが、これだけ売れるのは100に1つだろう。

商業出版社は、売れない本は出してくれないし、出したとしても法外な値段をつける。だから日本の教科書は、アメリカに比べてプアである。

今では工学系のテキストは、著者がほとんどすべてを用意する（させられる）。出版社がやることは、原稿のレイアウトと装丁くらいである。

であるならば、教官（もしくは大学）が出版社を通さずに、実費プラスアルファの電子出版ビジネスを起業した方が賢明だ。実際アメリカではこのビジネスで大きな収益をあげている教授が多勢いるということだ。

３００ページの教科書なら、２０００円で売っても十分利益が出るだろう。出版社は手間のかかる改訂作業には首を縦に振らないが、これであれば毎年でも改訂できる。

ちなみにヒラノ教授が１９９２年に出版した『数理決定法入門：キャンパスのＯＲ』は、最初の5年で６０００部ほど売れたが、21世紀に入る頃から一部の記述が時代にそぐわなくなったので、改訂を申し入れた。しかし出版社には全くその気がない。しかも92年には２６００円だった定価を、著者に断りなく３６００円にアップした。

既に十分に利益を手に入れた上に、ペーパーバックにしたのだから、定価を下げてもいいくらいなのに、１０００円アップとは言語道断である。学生の多くは誰かが買った教科書をコピーしているようだがヒラノ教授はこれを黙認している。

ところで、この章の冒頭に紹介した東工大でのアンケート調査で、教育のウェイトが20％という数字を見て、違和感を覚えた読者も多いことだろう。工学部教授は年間３０００時間以上働いているから、20％といえば６００時間以上だが、それでも東工大教授が教

育に費やす時間は少なすぎる。

特に学部教育の軽視と、大学院でのあまりにも専門的な内容の講義は、ぜひ改めてもらいたいものである。雑務を30%ほど減らし、それで浮いた300時間のうち150時間を学部教育に、150時間を大学院教育に投入するくらいのことをやらなければ、学生や国民の期待に応えることはできないだろう。

一方、ヒラノ教授が現在勤務している中央大学では、教官は少なくとも30%を教育に費やしている。中には50%という人もいるが、私立大学は学生1人当たりの教官数が少ないせいである。

では私立大学工学部教授にアンケートをとれば、どのような結果が出るだろうか。ヒラノ教授の予想では、理想が、

研究　40　教育　30　雑務　15　社会的貢献　15

で、現実が、

研究　25　教育　45　雑務　20　社会的貢献　10

という結果が出るのではなかろうか。175ページの国立大学と比べると、私立大学工学部教授の教育負担の重さがわかるはずだ。

16　工学部平教授ほど素敵な商売はなかった

この本の冒頭で、工学部平《ヒラ》教授の役得は、「1に好きな研究ができること、2に若くて優秀な学生とともに過ごせること、3に好きな時に海外出張できること」だと書いた。2についてはすでに十分説明したので、ここでは残りの2つについて書くことにしよう。

ヒラノ教授がアメリカ留学に出発した1968年（昭和43年）、東京―サンフランシスコの片道航空運賃は10万円を超えていた。大卒初任給のざっと4倍、今でいえば100万円近い大金である。その上この当時、海外に持ち出せる外貨は1日10ドルまでという制限があった。

当時のアメリカの物価は日本とかけ離れていた。食料品は日本の2分の1から3分の1、ガソリンに至っては4分の1程度であるのに対して、住居費は10倍（月給2ヶ月分）、学費は20倍、医療費は（保険に入っていないと）30倍である。

留学生は、月150ドルほどで食事付きの寮に入れてもらえるが、旅行者となるとホテ

ル代が一泊10ドル程度だから、〝飲まず食わず動かず〟で過ごさなくてはならない。こんな時代に海外の研究集会に参加できるのは、先方から招待されたＡＡ級研究者に限られた。

工学部平《ヒラ》教授がしばしば海外の研究集会に出かけるようになったのは、１９７０年代末以降である。航空運賃の劇的低下と円の急上昇のおかげで、海外出張のコストが大幅に下がったためである。また90年代に入ると、科学研究費で海外出張ができるようになったので、年に２回程度はあたり前になった。

１つ具体的な数字を挙げよう。北米とそれ以外の地域が、３年ごとに交替で開催することになっている「国際数理計画法シンポジウム」への日本人参加者は、１９７３年のスタンフォードのときは、３人だけだった。ところが79年のモントリオールの時には20人、85年のボストンの時は40人に増え、90年代に入ると、この分野におけるＡ級以上の研究者の大半が、毎回この研究集会に参加するようになった。

国際スタンダードで競争する研究者は、世界各地で開催される様々な研究集会に参加する。ヒラノ教授の場合についていえば、80年代はじめから〝おじいちゃん認定〟を受けるまでの25年間、毎年２回ないし３回は海外出張した。

知り合いの中には、年８回という猛者もいるが、飛行機嫌いのヒラノ教授には３回でも多過ぎた。その上１週間海外に出かけると、時差の関係で前後１週間はペースが乱れるし、

学期中に出張すると、休講した講義の埋め合わせが大変である。

ビジネスマンにとって、今や海外出張は日常茶飯事となったが、研究所勤めの人を除くと、彼らの出張は恐ろしいほどへビーだ。

彼らは、会社の命令とあればどこにでも出かけなくてはならない。アメリカ・ヨーロッパなら楽だが、BRICs諸国（ブラジル・ロシア・インド・中国）はやや辛い。そして中東・アフリカとなると、巨大なリスクを覚悟しなくてはならない。

しかも出張スケジュールは、極めてタイトだ。大手電機メーカーの開発部門に勤める友人によれば、1週間のアメリカ出張の際に、サンフランシスコ、シカゴ、オースチン、ロスアンジェルスを廻るなど、別段驚くには当たらないという。1週間にわたって、ほぼ毎日飛行機に乗っているわけだ。

これに比べると、工学部平《ヒラ》教授の出張は優雅だ。行きたくないところには行かなくてもいいし、気長に待てばいずれ行きたいところに行けるのは、平《ヒラ》教授の特権である。一方管理職（たとえば部局長）は、長く大学を空けることはできないから、どれほど行きたくても行けないことがある。

国際会議の主催者は、なるべく多くの研究者に集まってもらいたいと考える。したがって国際会議は、多くの人が来てくれそうな場所で開催される。サンフランシスコ、ニューヨーク、アムステルダムなどの大都市。ハワイ、ラスベガス、マイアミなどのリゾート地。

そしてスタンフォード、MIT、プリンストンなどの有力大学のキャンパスがそれである。

重要な国際会議が、マニラ、テヘラン、ベイルートなどで開かれることは皆無である。そんなところには、会合をホストする有力な研究者はいないし、仮りに開いたとしても誰も来てくれないからだ。

工学部平《ヒラ》教授は、3ヶ月先の（暑くて危険な）アトランタ、9ヶ月後の（寒くて陰気な）ベルリンをパスして、6ヶ月後の（まだ行ったことがない）コペンハーゲン、そして1年後の（何度でも行きたい）ゴールド・コーストでの会議を目指して、研究・教育・雑務に取り組んでいるのである。

彼らは、世界各地に散らばる研究仲間と会って、自分の研究成果を誇示し、相手のアイディアを吸収し、そして互いにヨイショしながらワインを飲むのが楽しみで、研究に精を出す生き物なのである。

大がかりな研究集会は、通常月―金の5日間続くが、この種の会合には同伴者プログラムがつきものである。サンフランシスコなら、モントレー・カーメル海岸やナパバレーのワイナリー見学、バルセロナなら闘牛見物、ニューヨークならミュージカル鑑賞（場末でも演目次第では十分楽しめる）。念のために言っておけば、この経費はもちろん自己負担である。また同伴者プログラムを楽しんでいるのは同伴者だけで、平《ヒラ》教授は会議場で宝探しをやっている。

また役職に縛られない平教授《ヒラ》は、1週間の会議を終えたあと、(学期中でなければ)休暇をとって名所を廻ることもできる。サンフランシスコならヨセミテ渓谷やオレゴン・コースト。ローザンヌならスイス・アルプス。ウィーンならプラハ、ブダペストなど東欧巡り……。

90年代に入ると、日本からの参加者も夫人同伴が目立つようになった。子育てが終わった奥さんに対するサービスとして、これ以上のものはない。ところが一度サービスしたら最後、味を占めた夫人は次回も同行を求める。平教授《ヒラ》は「金がかかって困るんだよ」と言うものの、その表情は満更ではない。

自分の経費は国のお金(科研費)でカバーされるから、夫人同伴の追加出費は航空運賃プラス・アルファで済む。少しばかりのお金で、帰国後に良質な家庭サービスが受けられるのであれば、投資収益率は高い。

ヒラノ教授の場合は、子育てを終ったところで妻が難病を発症したため、同伴したのはアムステルダム1回限りだったが、健康優良な奥様をお持ちの平教授《ヒラ》は、世界中あちこちにお出かけになっていました。

エンジニアの集まりは概して質素なものが多いが、中には目をむくような豪華なものもある。三峡ダムが着工する直前の1991年に、揚子江を遡る豪華船の中で開かれたシンポジウムや、ストックホルムでの1週間の会議の後、北海を船で1週間遊覧するという

〃どんでも〃集会から招待されたこともある。

学期中だったため、どちらも参加を見送ったが、その後何年かして北海ツアーに参加した人から、あれほど退屈な船旅はなかったと聞かされ、胸のつかえが下りたような気がした。

工学部平《ヒラ》教授の海外出張は、ビジネスマンや文学部唯野教授には経験することができない、〃極上のお楽しみ〃である。ところが楽しみには、苦しみがつきものである。お客様として出かけて行く代償として、たまにはホストとして、国際会議を主催しなくてはならないからだ。

「一生に1度は国際会議のホストを務めるべきだが、2度やる必要はない」とは、ある大先輩の言葉だが、１９８８年に７００人余りの研究者が集まるシンポジウムを東京で開催したときは、３年前から準備を開始し、会議の後始末を終えるまでの4年間、30人のたよりになるエンジニアとともに多大な労力を投入した。

〃金持ち〃日本人から、最大限の援助を引き出そうとする学会理事たち。気位が高いフランス人・エリート。参加費を踏み倒そうとするインド人。ホテルの窓から飛び下りようとするカナダ人。心臓発作で急死したアメリカ人をめぐる警察との対応。資金提供を頂いた万博協会に提出する膨大な書類作成と厳しい監査。参加費70ドルの椿山荘晩餐会に集まったアメリカ人の、小錦級胃袋のケア、エトセトラ。一生に一度の貴重な（貴重過ぎる）体

験だった。

工学部平《ヒラ》教授のもう1つの役得は、好きな研究ができることと、様々な意味での〝自由〟である。まずは研究の自由。研究費の獲得に成功すれば、誰にも干渉されることなく、自由に研究を進めることができる。上司の命令で、好き嫌いに関係なく、次々と仕事をこなさなくてはならない企業のエンジニアからみれば、パラダイスだろう。

自分の好きなことがやれる職業と言えば、画家や音楽家などの芸術家、スポーツ選手、俳優などが思い当たるが、これらの分野で成功する（少なくとも生計を立てていける）のは、１００人に１人である。

また芸術家の場合は、上は10億単位の年収を手にする人がいる一方で、下は1年１００万円に届かない人もいるが、（日本の）工学部平《ヒラ》教授は、ＡＡ級もＢ級も収入に大きな差はない。

もう1つの自由は、教育・雑務に費やされる週30時間を除けば、残りの時間はすべて自由裁量に任されていることである。元日に出勤しようが、夜12時過ぎまで居残ろうが、（寝泊まりしない限りは）誰にも何も言われない。

これに比べると、企業の時間管理はまことに厳しい。朝6時に出勤すればゲートは閉まっているし、ノー残業デーには5時以後の仕事は禁止である。たまには早く自宅に帰って、家族サービスに務めよという思いやりだが、研究の興が乗った時に5時で帰れと言われて

も困っちゃいますよ、全く。

企業に勤める友人に比べると、工学部平《ヒラ》教授の給与は少ない。東工大を停年で辞めた時のヒラノ教授の給与は1000万円少々、つまり35歳の駆け出し判事の3分の2、30歳の銀行マンと同じレベルである。同年齢の企業エリートは、平《ヒラ》教授の倍近く貰っているだろう。しかしそれを羨む気にならないのは、企業のエンジニアがどれほど苦労しているかを知っているからである。

工学部平《ヒラ》教授の役得は、〝研究の自由、優秀な学生、海外出張〟だけではない。ほぼ半世紀にわたって工学部という組織に所属して、最も素晴らしかったと思うことは、わが国のベスト・アンド・ブライテストを集めた同僚たちとの〝競争と協力〟のもとで、誇りを持って仕事ができたことである。

戦後の焼け跡から立ち上がり、「ジャパン・アズ・ナンバーワン」と世界に恐れられた技術王国を作り上げたのは、優秀で勤勉なエンジニアである。そしてわれわれ工学部平《ヒラ》教授は、技術王国を生み出したエンジニアと技術を育てたのだ。世界のエンジニアは、日本の工学部平《ヒラ》教授に称賛の眼差しを向けてくれた（残念なことに、ここ10年は同情の眼差しに変わってしまった）。

文学部唯野教授・経済学部金満教授の競争相手は、日本人だけである。一方、工学部教授の競争相手は、世界である。

国内だけで戦っているゴルファーは、タイガー・ウッズとコースを回る機会はない。これに対して工学部教授は、ウッズだけでなくロジャー・フェデラー、クリスチャン・ロナウドなどのアドバイスと激励のもとで、世界のひのき舞台で試合をすることができたのである。ヒラノ教授が胸を張って、〝工学部平《ヒラ》教授ほど素晴らしい職業はなかった〟と言うのは、このためである。

さて熟年世代以上の読者は、この章のタイトルが、ミュージカル映画『ショウほど素敵な商売はない』をパクッたものであることに気付かれたはずである。できることなら現在形で、「工学部平《ヒラ》教授ほど素敵な商売はない」と書きたいところだが、そうできないのは、大学をめぐる環境が日に日に厳しくなっているからである。

この10年、国の科学技術研究予算は大幅に増額された。第3期科学技術基本計画による毎年5兆円の予算措置、年間2０００億円に及ぶ科学研究費、1億円単位のＣＯＥプログラムとＧＰプログラム、などなど。

これらのいわゆる「競争的資金」は、（第6章で書いたように）予算獲得スキルのある人にとっては、強力な追い風となっている。しかしお金を取るためには、様々なテクニックが必要である。実力があっても、テクニックがない人は選に洩れる。また過去の実績を重視するため、元ＡＡ級・現Ｂ級の人に落ちる資金もかなりの額に上る。巨額の資金をめぐって、政治的な駆け引きも行われているらしい。

重点推進分野、すなわちバイオ・情報・環境・ナノテク／材料に引っかからない人たちは、重点領域との接点を見つけて、その種の研究をする〝ふり〟をして申請書を書くか、有力者に頼み込んで仲間に加えてもらい、意に染まない研究をしなくてはならない。

研究とは宝探しのようなものである。上記の重点領域は、今は陽が当たっているが、この鉱脈から投資に見合う成果が得られるかどうかは、やってみなければ分らない。宝探しである以上、見つからなくても仕方がないが、特定分野に資金配分が偏ると、それ以外の場所で宝探しをしている人にお金が廻りにくくなる。

前章でも書いたとおり、国の高等教育への投資1・5兆円は、GDP比率で見ればOECD諸国中下から2番目に位置する数字だが、政府は重点推進分野に年5兆円ずつ投資する一方で、大学への交付金を年1％ずつ減らし続けている。

この先さらに交付金が減額されれば、民間資金の導入が難しい地方の大学や、日が当たらない分野の研究者は枯死してしまうだろう。国はそうとわかってやっているわけだが、それは極めてリスキーな選択である。

1960年代に、アラブ諸国やイスラム文化の研究をやっていた人は、周囲から変人のレッテルを貼られた。ところが1973年の第四次中東戦争を機に、OPECが原油価格を4倍に値上げして以来、これらの研究者が引っ張りだこになった。

70年代の風力発電や太陽光発電の研究者、80年代の燃料電池や植物工場の研究者、そし

て90年代の原子力発電や金融工学の研究者も、主流派エンジニアの冷たい視線を浴びた。彼らは国からの交付金で、細々と研究を続けてきたのである。

時代に先駆けた分野、あるいは一見時代遅れになった分野にお金が廻らなくなると、状況が変わった時の対応が遅れることがある。リスクを分散するためには、研究費は広い分野にばらまいておくことが大事である。したがって、重点分野への集中投資の一方で、広範な分野への薄い投資（大学に対する法人費という給付金）を更に薄くするようなことは避けるべきだ。

もう1つの憂慮すべき問題は、研究者に対して短期的成果を求める傾向が強まっていることである。研究者は宝探しギャンブラーだから、運が悪ければ空振りが続くこともある。三振したからすぐに二軍に落とすようなことをすれば、その人の才能は枯れてしまうかもしれない。少々スランプが続いても才能の芽を潰さない、長期的視野に基づく研究者育成システムが、危機に瀕しているのである。

２００７年に発生したサブプライム・ローン危機によって、アメリカ型の短期的利益最大化モデルは破綻し、日本的経営の良さが見直されている。成果主義の旗を振ってきた人が、「ザンゲの書」なるものまで出して、それが賞讃される御時世である。

ところが、本来長期的視点の下で運営されるべき大学は、独法化されて以来、中期目標という短期目標の達成度によって評価・選別されるようになった。

エンジニアは、〝5年の中期目標〟に違和感を覚えることはない。彼らは5年どころか、1～2年先のことを考えて研究を進めているからである。短期的成果が出なければ評価されないのが、エンジニア・カルチャーである。したがって彼らは、自分が現役である間には解決されそうもない問題には、〝決して〟手を出さない。

一方、アルキメデスやユークリッド以来の歴史を持つ、物理学や数学の研究者の時間軸は、エンジニアより1ケタ以上長い。彼らにとって、5年は中期ではなく短期である。また文学・歴史・哲学などの研究者にとって、5年は短期ですらない。彼らに中期という名目で、超短期目標を押し付けるのは賢明とはいえない。

短期目標に馴染んだエンジニアは、時折パーティーの席上で数学者と言葉を交わすと、彼らが時間にルーズなのは、エンジニアより遥かに長いスパンで研究しているせいだということに気付かされる。

彼らは5年間1編の論文も書かなくても、6年目にいい成果を出せばそれでいいのだそうだ。エンジニアは年5編の論文を書くと言えば、「10年後に残るものはいくつありますか」と聞かれるだろう。ヒラノ教授は150編以上の論文を書いたが、10年以上の生命を持つものはその中の10編、100年後に残るものはゼロだろう。150編書いても、10年後に残る論文を10編書いた数学者と同ランク、100年後まで残る論文を1編書いた数学者以下ということだ。

数学者や物理学者と言葉を交わすたびに、エンジニアは短期的目標を追い求める自らの危うさを思い知る。そして文系の大学者の話を聞けば、その視野の広さとスケールの大きさに圧倒される。

私が言うのもなんだが、大学コミュニティーが、短期目標で右往左往する（エンジニアのような）人ばかりになったら、大学は「知の殿堂」ではなく、「研究・雑務工場」に成り下がってしまうだろう。

短期的成果を重視するアメリカの一流大学は、若者に厳しい。20代後半に博士号を取り、アシスタント・プロフェッサー（日本で言えば助教）に採用された人は、3年間で6編の論文を書かなければクビになる。6編書いた人はもう3年の任期延長を獲得する。

ここでさらに6編以上書けば准教授に昇進し、テニュア（終身教授権）を獲得する。一方この条件をクリアできない人は解雇され、民間に転進するか、より低ランクの大学にポストを求める。

アメリカ製Ph.D.は幅広い基礎知識を持っているから、産業界は積極的に受け入れるし、ここで成功する人も多い。一方ランクが低い大学に移籍した人は、毎学期75分の講義6コマ以上を担当するティーチング・マシーンとなり、数年後には研究競争から離脱して透明人間になる。

一流大学でテニュアを手にするには、〝2000日間12本勝負（6年で12編）〟に勝たな

くてはならないということだ。このためには、博士号を取った時点で、かなりのストックを持っていなくてはならない。

スタンフォードに留学していたときの友人に、トム・マグナンティという切れ者がいた。この人はシラキュース大学の数学科を首席で卒業したあと、スタンフォードにやってきた。これだけ良くできる人なら、3年か4年で博士号を手にすることができたはずだが、この人は仲々博士論文を書こうとしなかった。

書こうと思えばいつでも書けたが、そうしなかったのは、学生時代に論文のタネをたっぷり仕込んで、卒業後の2000日間12本勝負に勝ち残るためである。ジャンボ・ジェットは2500mの滑走路からも離陸することができるが、離陸後失速・墜落しないように、あえてもう500m加速してから離陸するのと同じである。

マグナンティは計画通り、2000日間12本勝負に勝ち残って5年後に准教授となり、40代でMITの学部長のポストを得た。一方のヒラノ教授は3年で博士号を取って、いい気になったものの、離陸後はずっと低空飛行を続けた。

もしヒラノ教授がアメリカ人だったら、超一流のスタンフォードでPh.D.を取り、一流のウィスコンシン大学に招かれたあと3年で解雇され、二流のサウスカロライナ・ステート大学あたりでティーチング・マシーン生活を送っていただろう。一旦ティーチング・マシーンに身を落としたら、二度とそこから這い上がるチャンスはない。

幸いなことに、ヒラノ教授はアメリカ人ではなかった。日本ではひとたび助教授に採用されれば、不祥事でも働かない限りは身分が保障される。また競争社会のアメリカと違って、日本の工学部では〝競争と協調〟が適当なバランスを保っていた。つまり2～3年成果が出なくても、それを許容する風土があった。

東工大は優秀な研究者の集まりである。しかしノーベル賞を受賞したイリヤ・プリゴジンが示した通り、働き蟻集団にも2割くらいの怠け蟻が発生する。だから東工大にも、仕事をしていないように見える人がいる。

狙っていた獲物をライバルに横取りされて、意気消沈した数学科教授。大きな問題が解けて気が抜けた情報科学科教授。超難問に関わって仲々成果が出ない経営システム工学科助教授。レフェリーからボロクソにやられて、やる気をなくした機械工学科助手。〝勉強ばかりしている人なんて嫌いよ〟の一太刀で、彼女にふられてしまった大学院生。

しかし彼らは仲間の激励によって、いつかまた立ち上がる。中島みゆきが『時代』の中で歌ったように、「今日は倒れた旅人たちも、生まれ変わって歩き出す」のである。

アメリカでは、このようなことは起こらない。若い時には、勝って勝って、勝ち続けなくては生き残れない。このような戦いに勝ち残った人は、強者の中の強者である。その一方で、戦いに負けた人には無残な未来が待っている。

アメリカは敗者復活が可能な社会だといわれているが、ビジネスの世界では可能であっ

ても、理系研究者の世界で敗者復活は有り得ない。つまり大器晩成の研究者は、アメリカでは生きていけないのである。

一方の日本の大学には、勝って勝って、勝ちまくる強者は少ないかわりに、決定的な敗者も少ない。また一度倒れても、敗者復活が可能だった。しかし短期的成果を求める風潮が加速すれば、日本はアメリカの亜流になり下がってしまうだろう（もうそうなっているという人もいる）。

だから私は過去形で書く。「工学部平《ヒラ》教授ほど素敵な商売はなかった」と――。

あとがき

日本政府が理工系大学の拡充に乗り出したのは、西側世界を襲ったスプートニク・ショックの翌年、１９５８年のことである。

東京大学、東京工業大学、京都大学、大阪大学など有力国立大学の理工学部の規模は、その後20年を経ずして3倍になった。世界に冠たる製造業王国を築いたのは、ここに集まった史上最強のエンジニア集団である。手前味噌と言われるのを承知で言えば、理工系大学には本当にすぐれた人が集まっていた。

しかし理工系大学の実態を知る人はほとんどいない。ここで4年を過ごしたエンジニアでも、それを知る人は意外なほど少ない。かく言う私自身も、平《ヒラ》教授として過ごしている間は、理工系大学という組織がどのような仕組みになっているか、良く知らなかったくらいである。工学部教授が知らないのだから、一般の人が知らなくても当然である。

三角関数も亀の子も苦手な人には、エンジニアは何を考えているかわからない〝宇宙

人〟に見えるらしい。変人・奇人の話は聞いても分からないし、わかる必要もない――。

また日本社会のかじ取りをしている高等文系人は、エンジニアを人がいい〝働き蜂〟だと見ている。「エンジニアの皆さん、しっかり働いて世界中から蜜を集めて来て下さい。私たちはそれをたっぷり御馳走になります」。私は文系人の口から、これに類する言葉を何度となく耳にしている。

世間の人が理工系大学について知らないもう1つの理由は、それを〝知らせよう〟とする人がほとんどいないからである。

エンジニアは、一流の専門家になって仲間の信頼と尊敬を勝ち取るべく、黙々と努力する生き物である。彼らは自らの専門と趣味以外に時間を割くことを好まない。したがって自ら意見を社会に向けて発信しようとは考えないし、考えたとしてもそれを取り上げてくれるメディアは、(仲間ですら碌に読まない)学会誌くらいのものである。

この結果、大学について書いた本は数々あれど、そのほとんどは『文学部唯野教授』のような〝困った文系大学〟の話ばかりで、良くやっている理工系大学について紹介する本は、出版されないというわけである。

文系大学を卒業した人の多くは、〝理工系大学は、唯野教授が勤務する早治大学文学部より多少はましだが、アメリカの有力大学のレベルとは比べるべくもない〟と思っているのではないだろうか。しかし世界一の製造業王国を支えた理工系大学が、国際的に見てレ

ベルが低いはずはない。

実際、QS世界大学ランキング２０１０年度版（工学部門）によれば、東大が7位、京大が17位、東工大が23位、阪大が59位に入っている。残念ながら、前年度に比べて少しばかりランクが下がってしまったが、これが一時的なものであることを願いたいものである。

この本は、40年を理工系大学で過ごした私の個人的体験をもとに、１９７０年代半ば以降の理工系大学の姿を紹介したものである。取り上げた大学は、東大・筑波大・東工大・中央大の４校に過ぎないが、日本の理工系大学の実態はどこも大同小異である。

草稿の段階で何人かの先輩・同僚諸氏に眼を通して頂いたので、客観的事実について大きなまちがいはないものと信じているが、細かい部分ではいろいろな思い違いがあるかもしれない。その節は、〝理工系大学の実態を世間の人に知ってもらおう〟という筆者の意図に免じてお赦し頂きたい。

最後になったが、前著『すべて僕に任せてください』に引き続き、様々なアドバイスを頂いた、新潮社の足立真穂氏に厚くお礼申し上げる次第である。

12月吉日　今野浩

今野浩（こんの・ひろし）
1940年生まれ。東京大学工学部応用物理学科卒業、スタンフォード大学大学院オペレーションズ・リサーチ学科修了。筑波大学電子・情報工学系助教授、東京工業大学大学院社会理工学研究科教授等を経て、中央大学理工学部経営システム工学科教授。

工学部《こうがくぶ》ヒラノ教授《きょうじゅ》

著　者
今野《こんの》　浩《ひろし》

発　行
2011年　1月　25日

発行者　佐藤隆信
発行所　株式会社新潮社
〒162-8711　東京都新宿区矢来町71
電話　編集部　03-3266-5611
　　　読者係　03-3266-5111
http://www.shinchosha.co.jp

印刷所　二光印刷株式会社
製本所　加藤製本株式会社

ISBN 978-4-10-314762-6　C0095

すべて僕に任せてください
東工大モーレツ天才助教授の悲劇
今野浩
論文の数を問われ、膨大な雑用に疲弊し、ポスト争いや「調整」に翻弄される――ひとりの若き研究者の苛烈な半生が伝える、才能を磨耗させる理工系大学の実態とは。

こんな大学で学びたい！
日本全国773校探訪記
山内太地
前人未到の国内全大学踏破！　旧帝大から最新設校まで、未知のキャンパスを見たい一心で全国を巡り、見えてきた個性豊かな数多学府の真の姿。今この大学が面白い！

逆立ち日本論
養老孟司
内田樹
風狂の二人による経綸問答。「ユダヤ人問題」を語るはずが、ついには泊りがけで丁々発止の議論に。養老が「〝高級〟漫才」と評した、脳内がでんぐり返る一冊。
《新潮選書》

養老訓
養老孟司
長生きすればいいってものではない。けれども、欲を捨て、年をとったからこそ言えることはたくさんある。上機嫌に生きるための道しるべ。著者七〇歳記念刊行！

ほんとうの環境問題
池田清彦
養老孟司
「CO_2排出量削減」？「地球温暖化防止」？　そんなことは、どうでもいい。きちんと考えなければならない「問題」は、別にある。環境問題の本質を突く、緊急提言！

正義で地球は救えない
池田清彦
養老孟司
あまりに無益な「CO_2排出量削減」キャンペーン、ひどく不合理な「自然の生態系保護」政策……。「環境を守りましょう」という精神運動はどこまで暴走していくのか。

そこに日本人がいた！
海を渡ったご先祖様たち
熊田忠雄

すごいぞ日本人！
続・海を渡ったご先祖様たち
熊田忠雄

ブラック会社に勤めてるんだが、もう俺は限界かもしれない
黒井勇人

万年前座
僕と師匠・談志の16年
立川キウイ

人生、成り行き
談志一代記
立川談志
聞き手 吉川潮

一回こっくり
立川談四楼

明治後期、南ア・ケープタウンの桟橋で日章旗を振っている日本人がいた！ 幕末〜明治に、世界各地で生き抜いた我らがご先祖様たち。その足跡を追う歴史読物集。

アルゼンチンに日本人SL運転士がいた！ アンコールワットに落書きしたサムライもいた！ 江戸〜大正期、海の彼方で力強く生きたご先祖様たち。大好評第二弾登場！

母の死をきっかけに一念発起、中卒ニートの俺が就職したのは超ダメダメなIT企業――まさに現代の「蟹工船」、史上最強のお仕事青春スレッド文学、満を持して刊行！

修業とは理不尽に耐えること。談志の弟子になれるのなら、何でも我慢できると思っていたけれど……。笑いとちょっぴり涙で綴る、落語史上最長の前座生活16年――。

このとき、あたしは〈芸〉に開眼した。「百年に一人」と賞される現代落語界の至宝が立川流顧問を相手に語り尽くした、破天荒極まりない半生と言い遺しておきたいこと。

一度生れて一度死ぬ／一回きりの人生を／落語に掛けたこの俺の／擦った揉んだの曲り道。そして一席の「新作古典落語」まで堪能できる、前人未到の咄家七転八起小説《ビルドゥングス・ロマーン》。

今野浩

2011.03.05